老照片

温情系列

一封家书

《老照片》编辑部 编

山东画报出版社

图书在版编目（CIP）数据

一封家书 /《老照片》编辑部编. —济南：山东画报出版社，2018.6（2018.6重印）

（《老照片》温情系列）

ISBN 978-7-5474-2738-5

Ⅰ.①— … Ⅱ.①老 … Ⅲ.①书信集—中国—当代 Ⅳ.①I267.5

中国版本图书馆CIP数据核字（2018）第068379号

《老照片》温情系列

一封家书

《老照片》编辑部编

责任编辑　刘　丛

装帧设计　王　芳

出版人：李文波

出版发行：山东出版传媒股份有限公司

山东画报出版社

社址：济南市经九路胜利大街39号

邮编：250001

http://www.hbcbs.com.cn

各地新华书店经销

山东临沂新华印刷物流集团有限责任公司

140毫米×203毫米　32开　7.5印张　34幅图　120千字

2018年6月第1版　2018年6月第2次印刷

印数：30001-60000

ISBN 978-7-5474-2738-5

定价：25.00元

如有印装质量问题，请与出版社总编室联系调换。

写在前面的话

　　1996 年底，山东画报出版社的《老照片》丛书一经面世，即以别开生面的图书样式、回望历史的新颖视角，受到读者的广泛欢迎，并引发了风靡全国的"老照片文化热"。《老照片》的成功出版，开启了中国出版业的"读图时代"，相继被业内权威媒体评选为：新中国出版业五十件大事；1978—1998 二十年难忘的书；改革开放 30 年来最具影响力的 300 本书；共和国 60 年 60 本书。

　　作为一种陆续出版的丛书，《老照片》以"定格历史、收藏记忆"为己任，至 2018 年 4 月，已出版了 118 辑，共刊出各种历史照片一万余幅，相关的文字一千万余言，从一个独特的视角，为百多年来中国人的生存与发展，留下了一份形象而鲜活的记录。《老照片》出版20余年来，这些带有个人记忆温度的文章受到大众读者的喜爱，年长的读者借此印证经历过的历史，回忆过往的岁月。而青少年读者借此从中国社会的变迁中，仰望历史的星空，感受普通民众细腻的家国情怀。

为此，《老照片》编辑部编辑了这套温情系列图书：《我的父亲》《我的母亲》《我的老师》《一封家书》，共四种。其中有些文章从已刊《老照片》中精心挑选适合青少年读者阅读的温暖篇章，文字质朴平实，感情自然真挚。还有一些文章，按照《老照片》的一贯格调，另约稿、辑录了众多名家的作品。如《一封家书》收录了傅雷《写给儿子傅聪的信》、曹文轩《爸爸愿意哄着你长大》等表现父爱的书信；也收录了林薇《写给儿子的两封信》表现母爱的信札，这也是林薇之子、作家止庵首次授权出版。《我的老师》收录了汪曾祺《沈从文先生在西南联大》，这篇文章选自本社出版的《我在西南联大的日子》。

在《老照片》陆续出版20年之余，我们冀望与更多的青少年读者一起成长，通过共同翻看《老照片》，开阔阅读视野，增长人生阅历，增添人文情怀。

我们期待这套温情系列，为每位读者开通一条重温往事的时光隧道，大家在历史时空的穿梭中，向美好的回忆致敬，并从中领略人生旅途中的不同风景。

山东画报出版社《老照片》编辑部
2018年5月

目　录

梁启超写给儿女们的信

梁启超

孩子们：

我像许久没有写信给你们了。但是前几天寄去的相片，每张上都有一首词，也抵得过信了。今天接着大宝贝五月九日，小宝贝五月三日来信，很高兴。那两位"不甚宝贝"的信，也许明后天就到罢？我本来前十天就去北戴河，因天气很凉，索性等达达放假才去。他明天放假了，却是现在很凉。一面张、冯开战消息甚紧，你们二叔和好些朋友都劝勿去，现在去不去还未定呢。

我还是照样的忙，近来和阿时、忠忠三个人合作做点小玩意儿，把他们做得兴高采烈。我们的工作多则一个月，少则三个礼拜，便做完。做完了，你们也可以享受快乐。

梁启超携儿媳林徽因与女儿梁思庄游览长城

你们猜猜干些什么？

庄庄，你的信写许多有趣话告诉我，我喜欢极了。你往后只要每次船都有信，零零碎碎把你的日常生活和感想报告我，我总是喜欢的。我说你"别要孩子气"，这是叫你对于正事——如做功课，以及料理自己本身各事等——自己要拿主意，不要依赖人。至于做人带几分孩子气，原是好的。你看爹爹有时还"有童心"呢。你入学校，还是在加拿大好。你三个哥哥都受美国教育，我们家庭要变"美国化"了！

我很望你将来不经过美国这一级，也并非一定如此，还要看环境的利便，便到欧洲去，所以在加拿大预备像更好。稍旧一点的严正教育，受了很有益，你还是安心入加校罢。至于未能立进大学，这有什么要紧，"求学问不是求文凭"，总要把墙基越筑得厚越好。你若看见别的同学都入大学，便自己着急，那便是"孩子气"了。

思顺对于徽音感情完全恢复，我听见真高兴极了。这是思成一生幸福关键所在，我几个月前很怕思成因此生出精神异动，毁掉了这孩子，现在我完全放心了。思成前次给思顺的信说："感觉着做错多少事，便受多少惩罚，非受完了不会转过来。"这是宇宙间惟一真理，佛教说的"业"和"报"就是这个真理，我笃信佛教，就在此点，七千卷《大藏经》也只说明这点道理。凡自己造过的"业"，无论为善为恶，自己总要受"报"，一斤报一斤，一两报一两，丝毫不能躲闪，而且善和恶是不准抵消的。

佛对一般人说轮回，说他佛自己也曾犯过什么罪，因此曾入过某层地狱，做过某种畜生，他自己又也曾做过许多好事，所以亦也曾享过什么福。……如此，恶业受完了报，才算善业的账，若使正在享善业的报的时候，又做些恶业，善报受完了，又算恶业的账，并非有个什么上帝做主宰，全是"自业自得"，又并不是像耶教说的"到世界末日算总账"，全是"随作随受"。又不是像耶教说的"多大罪恶一忏悔便完事"，忏悔后固然得好处，但曾经造过的恶业，并不因忏悔而灭，是要等"报"受完了才灭。佛教所说的精理，大略如此。他说的六道轮回等等，不过为一般浅人说法，说些有形的天堂地狱，其实我们刻刻在轮回中，一生不知经过多少天堂地狱。

即如思成和徽音［因］，去年便有几个月在刀山剑树上过活！这种地狱比城隍庙十王殿里画出来还可怕，因为一时造错了一点业，便受如此惨报，非受完了不会转头。倘若这业是故意造的，而且不知忏悔，则受报连绵下去，无有尽时。因为不是故意的，而且忏悔后又造恶业，所以地狱的报受够之后，天堂又到了。若能绝对不造恶业而且常

梁启超（中）与梁思永（右）、梁思达
二十世纪二十年代的合影。

造善业——最大善业是"利他"，则常住天堂——这是借用俗教名词。佛说是"涅槃"，涅槃的本意是"清凉世界"。我虽不敢说常住涅槃，但我总算心地清凉的时候多，换句话说，我住天堂时候比住地狱的时候多，也是因为我比较的少造恶业的缘故。我的宗教观、人生观的根本在此，这些话都是我切实受用的所在。因思成那封信像是看见一点这种真理，所以顺便给你们谈谈。

思成看着许多本国古代美术，真是眼福，令我羡慕不已，甲胄的扣带，我看来总算你新发明了（可得奖赏）。或者书中有讲及，但久已没有实物来证明。昭陵石马怎么会已经流到美国去，真令我大惊？？那几只马是有名的美术品，唐诗里"可要昭陵石马来"，"昭陵风雨埋冠剑，石马无声蔓草寒"，向来诗人讴歌不知多少。那些马都有名字——是唐太宗赐的名，画家、雕刻家都有名字可考据的。我所知道的，现在还存四只，（我们家里藏有拓片，但太大，无从裱，无从挂，所以你们没有看见）怎么美国人会把它搬走了。若在别国，新闻纸不知若何鼓噪，在我们国里，连我怎么一个人，若非接你信，还连影子都不晓得呢。可叹，可叹！

希哲（周希哲，梁启超女婿）既有余暇做学问，我很希望他将国际法重新研究一番，因为欧战以后国际法的内容和从前差得太远了。十余年前所学现在只好算古董，既已当外交官，便要跟着潮流求自己职务上的新知识。还有中国和各国的条约全文，也须切实研究。希哲能趁这个空闲做这类学问最好。若要汉文的条约汇纂，我可以买得寄来。和思顺、思永两人特别要说的话，没有什么，下次再说罢。

思顺信说："不能不管政治。"近来我们也很有这种感觉。你们动身前一个月，多人拟议也就是这种心理的表现。现在除我们最亲密的朋友外，多数稳健分子也都拿这些话责备我，看来早晚是不能袖手的。现在打起精神做些预备工夫，这几年来抛空了许久，有点吃亏，等着时局变迁再说罢。

……

老 Baby 好玩极了，从没有听见哭过一声，但整天的喊和笑，也很够他的肺开张了。自从给亲家收拾之后，每天总睡十三、十四个钟头，一到八点钟，什么人抱他，他都不要，一抱他，他便横过来表示他要睡，放在床上爬几爬，滚几滚，就睡着了。这几天有点可怕——好咬人，借来磨他的新牙，老郭（保姆）每天总要着他几口，他虽然还不会叫亲家，却是会填词送给亲家，我问他："是不是要亲家和你一首？"他说："得得得，对对对。"夜深了，不和你们玩了，睡觉去。

前几天填得一首词，词中的寄托，你们看得出来不？

浣溪沙·端午后一日夜坐

乍有官蛙闹曲池；

更堪鸣砌露蛩悲！

隔林辜负月如眉。

坐久漏签催倦夜，

归来长簟梦佳期。

不因无益废相思。

（李义山诗："直道相思了无益。"）

爹爹〔1925年〕七月十日

梁启超写给儿子梁思成的信

思成再留美一年，转学欧洲一年，然后归来最好。关于思成学业，我有点意见。思成所学太专门了，我愿意你趁毕业后一两年，分出点光阴多学些常识，尤其是文学或人文科学中之某部门，稍微多用点工夫。我怕你因所学太

梁思成

1927年，梁思成和林徽因在温哥华结婚。

专门之故，把生活也弄成近于单调，太单调的生活，容易厌倦，厌倦即为苦恼，乃至堕落之根源。再者，一个人想要交友取益，或读书取益，也要方面稍多，才有接谈交换，或开卷引进的机会。不独朋友而已，即如在家庭里头，像你有我这样一位爹爹，也属人生难逢的幸福，若你的学问兴味太过单调，将来也会和我相对词竭，不能领着我的教训，你全生活中本来应享的乐趣，也削减不少了。

我是学问趣味方面极多的人，我之所以不能专积有成者在此，然而我的生活内容，异常丰富，能够永久保持不厌不倦的精神，亦未始不在此。我每历若干时候，趣味转过新方面，便觉得像换个新生命，如朝旭升天，如新荷出水，我自觉这种生活是极可爱的，极有价值的。我虽不愿你们学我那泛滥无归的短处，但最少也想你们参采我那烂漫向荣的长处（这封信你们留着，也算我自作的小小像赞）。

我这两年来对于我的思成，不知何故常常像有异兆的感觉，怕他渐渐会走入孤峭冷僻一路去。我希望你回来见我时，还我一个三四年前活泼有春气的孩子，我就心满意足了。这种境界，固然关系人格修养之全部，但学业上之熏染陶熔，影响亦非小。因为我们做学问的人，学业便占却全生活之主要部分。学业内容之充实扩大，与生命内容之充实扩大成正比例。所以我想医你的病，或预防你的病，不能不注意及此。这些话许久要和你讲，因为你没有毕业以前，要注重你的专门，不愿你分心，现在机会到了，不能不慎重和你说。你看了这信，意见如何（徽音意思如何），无论校课如何忙迫，是必要回我一封稍长的信，令我安心。

一九二七年八月二十九日

陶行知写给儿子陶晓光的信

陶行知

晓光：

　　最近听说马肖生寄了一张证明书给你。他擅自做主，没有经我看过，我不放心。故即于当晚电你将该件寄回，以便审核有无错误，深信你已经遵电照办。现恐你急需文件证明，特由我亲自写了一张，附于信内寄你，你可根据这样证明，找尚达弟力保。我们必须坚持"宁为真白丁，不作假秀才"之主张进行。倘使这样真实的证明不合用，宁可自己出钱，不拿薪水，帮助国家工作，同时从尚达弟及各位学术专家学习。万一竟因证明不合传统，而连这样的工作学习亦被取消，那末，你还是回到重庆。这里有金大电机工程，也许可去，或于陈景唐兄商量，考成都金大。

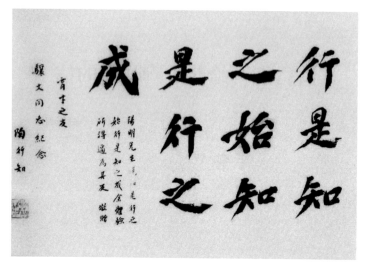

陶行知手迹。"行是知之始,知是行之成"。

总之,"追求真理做真人",不可丝毫妥协。万一金大也不能进,我愿筹集专款,帮助你建立实验室,决不向虚伪的社会学习与妥协。你记得这七个字,终身受用无穷,望你必须努力朝这方面修养,方是真学问。育才有戏剧、绘画两组驻渝见习,进步甚快。

行知

一九四一年一月二十五日

做人要做最上等的人

胡　适

祖望：

　　你这么小小年纪，就离开家庭，你妈和我都很难过。但我们为你想，离开家庭是最好办法。第一使你操练独立的生活；第二使你操练合群的生活；第三使你自己感觉用功的必要。自己能照应自己，服事自己，这是独立的生活。饮食要自己照管，冷暖要自己知道。最要紧的是做事要自己负责任。你工课做得好，是你自己的光荣；你做错了事，学堂记你的过，惩罚你，是你自己的羞耻。做得好，是你自己负责任。做得不好，也是你自己负责任。这是你自己独立做人的第一天，你要凡事小心。

　　你现在要和几百人同学了，不能不想想怎样可以同别

胡适一家

人合得来，人同人相处，这是合群的生活。你要做自己的事，但不可妨害别人的事。你要爱护自己，但不可妨害别人。能帮助别人，须要尽力帮助人，但不可帮助别人做坏事。如帮人作弊，帮人犯规则，都是帮人做坏事，千万不可做。

合群有一条基本规则，就是时时要替别人想想，时时要想想："假使我做了他，我应该怎样？""我受不了的，他能受得了吗？我不愿意的，他愿意吗？"你能这样想，便是好孩子。

你不是笨人，工课应该做得好。但你要知道世上比你聪明的人多得很。你若不用功，成绩一定落后。工课及格，那算什么？在一班要赶在一班的最高一排。在一校要赶在一校的最高一排。工课要考最优等，品行要列最优等，做人要做最上等的人，这才是有志气的孩子。但志气要放在心里，要放在工夫里，千万不可放在嘴上。千万不可摆在脸上。无论你的志气怎样高，对人切不可骄傲。无论你成绩怎么好，待人总要谦虚和气。你越谦虚和气，人家越敬你爱你。你越骄傲，人家越恨你，越瞧不起你。

儿子，你不在家中，我们时时想念你，你自己要保重身体。你是徽州人，要记得"徽州朝奉，自己保重"。

爸爸 〔民国〕十八年八月廿六日夜

给孩子们的信

丰子恺

我的孩子们！我憧憬于你们的生活，每天不止一次！我想委曲地说出来，使你们自己晓得。可惜到你们懂得我的话的意思的时候，你们将不复是可以使我憧憬的人了。这是何等可悲哀的事啊！

瞻瞻！你尤其可佩服。你是身心全部公开的真人。你甚么事体（杭州话）都想拼命地用全副精力去对付。小小的失意，像花生米翻落地了，自己嚼了舌头了，小猫不肯吃糕了，你都要哭得嘴唇翻白，昏去一两分钟。外婆普陀去烧香买回来给你的泥人，你何等鞠躬尽瘁地抱他，喂他；有一天你自己失手把他打破了，你的号哭的悲哀，比大人们的破产、失恋、brokenheart、丧考妣、全军覆没的悲哀都要真切。两把芭蕉扇做的脚踏车，麻雀牌堆成的火车、汽车，你何等认真地看待，挺直了嗓子叫"汪——""咕咕咕……"来代替汽油。宝姊姊讲故事给你听，说到"月亮姊姊挂下一只篮来，宝姊姊坐在篮里吊了上去，瞻瞻在下面看"的时候，你何等激昂地同她争，说"瞻瞻要上去，宝姊姊在下面看！"甚至哭到漫姑面前去求审判。我每次剃了头，你真心地疑我变了和尚，好几时不要我抱。最是今年夏天，你坐在我膝上发现了我腋下的长毛，当作黄鼠狼的时候，你何等伤心，你立刻从我身上爬下去，起初眼瞪瞪地对我端相，继而大失所望地号哭，看看，哭哭，如同对被判定了死罪的亲友一样。你要我抱你到车站里去，多多益善地要买香蕉，满满地擒了两手回来，回到门口时你已经熟睡在我的肩上，手里的香蕉不知落在哪里去了。这是何等可佩服的真率、自然与热情！大人间的所谓"沉默""含蓄""深刻"的美德，比起你来，全是不自然的、病的、伪的！

你们每天做火车、做汽车、办酒、请菩萨、堆六面画、唱歌，全是自动的、创造创作的生活。大人们的呼号"归自然！""生活的艺术化！""劳动的艺术化！"在你们面前真是出丑得很了！依样画几笔画，写几篇文的人称为艺术家、创作家，对你们更要愧死！

你们的创作力，比大人真是强盛得多哩：瞻瞻！你的身体不及椅子的一半，却常常要搬动它，与它一同翻倒在地上；你又要把一杯茶横转来藏在抽斗里，要皮球停在壁上，要拉住火车的尾巴，要月亮出来，要天停止下雨。在这等小小的事件中，明明表示着你们的弱小的力与智力不足以应付强盛的创作欲、表现欲的驱使，因而遭逢失败。然而你们是不受大自然的支配，不受人类社会的束缚的创造者，所以你的遭逢失败，例如火车尾巴拉不住，月亮呼不出来的时候，你们决不承认是事实的不可能，总以为是爹爹妈妈不肯帮你们办到，同不许你们弄自鸣钟同例，所以愤愤地哭了，你们的世界何等广大！

你们一定想：终天无聊地伏在案上弄笔的爸爸，终天闷闷地坐在窗下弄引线的妈妈，是何等无气性的奇怪的动物！你们所视为奇怪动物的我与你们的母亲，有时确实难为了你们摧残了你们，回想起来，真是不安心得很！

阿宝！有一晚你拿软软的新鞋子，和自己脚上脱下来的鞋子，给凳子的脚穿了，划袜立在地上，得意地叫"阿宝两只脚，凳子四只脚"的时候，你母亲喊着"龌龊了袜子！"立刻擒你到藤榻上，动手毁坏你的创作。当你蹲在榻上注视你母亲动手毁坏的时候，你的小心里一定感到"母亲这种人，何等煞风景而野蛮"罢！

瞻瞻！有一天开明书店送了几册新出版的毛边的《音乐入门》来。我用小刀把书页一张一张地裁开来，你侧着头，站在桌边默默地看。后来我从学校回来，你已经在我的书架上拿了一本连史纸印的中国装的《楚辞》，把它裁破了十几页，得意地对我说："爸爸！瞻瞻也会裁了！"瞻瞻！这在你原是何等成功的欢喜，何等得意的作品！却被我一个惊骇的"哼！"字喊得你哭了。那时候你也一定抱怨"爸爸何等不明"罢！软软！你常常要弄我的长锋羊毫，我看见了总是无情地夺脱你。现在你一定轻视我，想道："你终于要我画你的画集的封面！"

最不安心的，是有时我还要拉一个你们所最怕的陆露沙医生来，教他用他的大手来摸你们的肚子，甚至用刀来在你们臂上割几下，还要教妈妈和漫姑擒住了你们的手脚，捏住了你们的鼻子，把很苦的水灌到你们的嘴里去。这在你们一定认为是太无人道的野蛮举动罢！

孩子们！你们果真抱怨我，我倒欢喜；到你们的抱怨变为感激的时候，我的悲哀来了！

我在世间，永没有逢到像你们这样出肺肝相示的人。世间的人群结合，永没有像你们样的彻底地真实而纯洁。最是我到上海去干了无聊的所谓"事"回来，或者去同不相干的人们做了叫作"上课"的一种把戏回来，你们在门口或车站旁等我的时候，我心中何等惭愧又欢喜！惭愧我为什么去做这等无聊的事，欢喜我又得暂时放怀一切地加入你们的真生活的团体。

但是，你们的黄金时代有限，现实终于要暴露的。这是我经验过来的情形，也是大人们谁也经验过的情形。我眼看见儿时的伴侣中的英雄、好汉，一个个退缩、顺从、妥协、屈服起来，到像绵羊的地步。我自己也是如此。"后之视今，亦犹今之视昔"，你们不久也要走这条路呢？

我的孩子们！憧憬于你们的生活的我，痴心要为你们永远挽留这黄金时代在这册子里。

然这真不过像"蜘蛛网落花"，略微保留一点春的痕迹而已。且到你们懂得我这片心情的时候，你们早已不是这样的人，我的画在世间已无可印证了！这是何等可悲哀的事啊！

老舍写给家人的信

老　舍

接到信，甚慰！济与乙都去上学，好极！唯儿女聪明不齐，不可勉强，致有损身心。我想，他们能粗识几个字，会点加减的算法，知道一点历史，便已够了。只要身体强壮，将来能学一份手艺，即可谋生，不必非入大学不可。假若看到我的女儿会跳舞演剧，有作明星的希望，我的男孩能体壮如牛，吃得苦，受得累，我必非常欢喜！我愿自己的儿女能以血汗挣饭吃，一个诚实的车夫或工人一定强于一个贪官污吏，你说是不是？教他们多游戏，不要紧逼他们读书习字；书呆子无机会腾达，则成为废物，有机会做官，则必贪污误国，甚为可怕。至于小雨，更宜多多玩耍，不可教她识字，她才刚刚四岁

1934年，老舍夫妇和舒济在济南的全家福。

呀！每见摩登夫妇，教三四岁小孩识字号，客来则表演一番，是以儿童为玩物，则忘了儿童身心发育甚慢，不可助长也。

傅雷写给儿子傅聪的信

傅　雷

亲爱的孩子：

　　你回来了，又走了；许多新的工作，新的忙碌，新的变化等着你，你是不会感到寂寞的；我们却是静下来，慢慢地回复我们单调的生活，和才过去的欢会与忙乱对比之下，不免一片空虚，昨儿整整一天若有所失。孩子，你一天天地在进步，在发展；这两年来你对人生和艺术的理解又跨了一大步，我愈来愈爱你了，除了因为你是我们身上的血肉所化出来的而爱你之外，还因为你有如此焕发的才华而爱你；正因为我爱一切的才华，爱一切的艺术品，所以我也把你当作一般的才华（离开骨肉关系），当作一件珍贵的艺术品而爱你。你得千万爱护自己，爱护我们所珍视的

1956年夏，傅雷与儿子傅聪在研谈诗词。

1956年9月，傅聪与父母在杭州。

艺术品！遇到任何一件出入重大的事，你得想到我们——连你自己在内——对艺术的爱！不是说你应当时时刻刻想到自己了不起，而是说你应当从客观的角度重视自己：你的将来对中国音乐的前途有那么重大的关系，你每走一步，无形中都对整个民族艺术的发展有影响，所以你更应当战战兢兢，郑重其事！随时随地要准备牺牲目前的感情，为了更大的感情——对艺术对祖国的感情，你用在理解乐曲方面的理智，希望能普遍地应用到一切方面，特别是用在个人的感情方面。我的园丁工作已经做了一大半，还有一大半要你自己来做的了。爸爸已经进入人生的秋季，许多地方都要逐渐落在你们年轻的后面，能够帮你的忙将要越来越减少；一切要靠你自己努力，靠你自己警惕，自己鞭策。你说到技巧要理论与实践结合，但愿你能把这句话用在人生的实践上去；那么你这朵花一定能开得更美、更丰满、更有利、更长久！

谈了一个多月的话，好像只跟你谈了一个开场白。我跟你是永远谈不完的，正如一个人对自己的独白是终生不会完的。你跟我两人的思想和感情，不正是我自己的思想和感情吗？清清楚楚的，我跟你的讨论和争辩，常常就是我跟自己的讨论和争辩。父子之间能有这种境界，也是人生莫大的幸福。除了外界的原因没有能使你把假期过得像个假期以外，连我也给你一些小小的不愉快，破坏了你回家前的对家庭的期望。我心中始终对你抱有歉意。但愿你这次给我的教育（就是说从和你相处而反映出我的缺点）能对我今后发生作用，把我自己继续改造。尽管人生那么无情，我们本人还是应当把自己尽量改好，少给人一些痛苦，多给人一些快乐。说来说去，我仍抱着"宁天下人负我，毋我负天下人"的心愿。我相信你也是这样的。

给儿子的两封信

林　薇

一

方方[1]：

　　你今天走后，我生起炉子，就开始写我的短篇，一直写〔到〕[2]晚上十点三刻，完成了。题目叫《空壳》，共30页，即6200字，当然太长了，等你回来砍吧！如果这篇能使你稍为有点心动，那将是我最大的安慰。好，等你回来。

---

〔1〕　方方：即作家止庵。

〔2〕　为便于阅读，书信原文中的误字加﹝﹞号，衍字加〖〗号，漏字加〔〕号。全书均据此。

林薇在北戴河休养留念

方:

　　你今天走后，我坐起炉了，把开始第武的起扁，一直写眼上十头三刻，完成了。这目叫空亮，共30页，即6200字。有些太长了，等你回来欧吧，如去包扁如及你额加布关动，即将这我觉大的无望。的，等你回表。

　　娘，表了一夜，给你很话也过五也学出回表君吧！

　　你爸又要表婆藏文字，竹児派奔流三本，听天为什么这两本，与侍志问，可能也无济于事了。

　　望不在匹刻一去不如志北影物情涛，即在什么年都即又顺利四。

　　我挺居改译好吗，多一去亮成吧！

北京妈等弟弟桂
好12.5.东幺妈菊]

林薇给儿子的信手稿

32

姐姐来了一信，给你的信，留在这里，也等你回来看吧！你爸又寄来安徽文学、新港和奔流，三本，昨天为什么是两本？写信去问问，可能也无济于事了。

望不要遇到一点不如意就影响情绪，那〔哪〕有什么事都那么顺利的。

我接着改诗好吗？多一点灵感吧！

祝好！

妈〔1979.〕12.5 东东生日的前夕

二

方方：

刚发出一信就找到寄来两本红岩，你的诗很不错，没有名字。我想是小诗只有两首太少了，还是有几本别人的诗也在等中，不要在意。

今天下午糊完了里间，真费事，东西搬出又搬进，明天又要搬出，不过干净多了，大概什么事儿都是〖只〗有利的一方面。可把我累坏了，善外〔后〕工作真多，明天还要一天，不然我就把红岩给你送去了。

没有煤球了，正好老刘来了，我请他帮忙推了50斤和10斤劈柴，老刘累得直喘，看他真可怜，给他一些酬劳，

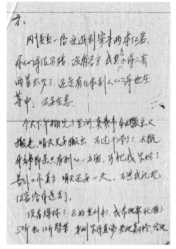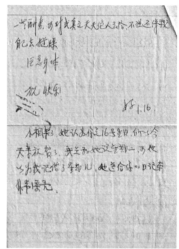

林薇给儿子的信手稿

可对我真是天无绝人之路，不然我还得自己去提煤。

注意身体。

祝快乐！

妈〔1980.〕1.16

小桐来了，她认为你是16号生日，所以今天来祝贺了。我是和她说星期二，可她以为我记错了星期几。她送给你的日记本非常漂亮。

给儿子的信

谢君任

其章[1]：

你由内蒙〔古〕9.5来信很快于14日就收到了。知道你已经到达工作岗位，闻之欣慰。

新到一个地方，首先要习惯这个地方的生活饮食起居，这样才能使身体健康精神愉快，然后对劳动才有劲。你在家里吃的东西面不广，羊肉更是家里很少吃的，少数民族却一大半伙食是牛羊肉，首先要习惯，习惯开始也可以带点强制性，慢慢就〔习〕以为常了。这是你真正独立生活的开始，自己在多方面都要注意，不要像在家里这样。那

---

〔1〕 其章：即藏书家谢其章。

青年上山下乡

里估计医疗条件不太好，有了病就要去诊治，不要像在家里发烧几天也不言语。要和群众打成一片，经常和贫下中农请教，向他们学生产技术，学他们优良生活作风。要真正做到毛主席教导的。"为工农兵服务，向工农兵学习。"那里据来信说交通比青海方便多了。生活和劳动情况还说得不详细，下次来信详告。

我在这里身体、工作都很好。其相在宁波时也有信给其章：

你由内蒙 9.5 来信很快于 14日就收到了。知道你已经到达工作岗位，闻之欣慰。

到一个新地方，首先要习惯当地的生活、饮食起居。这样才能使身体健康，精神愉快，尤其对劳动有帮助。你原来家里吃的东西不少，牛肉更是家里很少吃的。少数民族却...一大半的食是牛羊肉，首先要习惯。习惯开始也...慢慢就可以为主了。这是你真正独立生活的开始，自己生活方向都要注意，不能像在家里这样。那里的卫生条件...不太好，有了病就要去诊治，不要像在家里发烧几天也不要紧。要和群众打成一片，注意...不要搞特殊化，向他们学生产技术，学他们...要真正做到毛主席号召的"向工农兵服务，向工农兵学习。"那里通信是说或通比青海方便多了。生活和劳动情况还说得不详细，下次来信详告。

我在北京身体、工作都很好。其祖到京时也有信告我。他大约至少 1 由上海...迢客，还要在天津下车，估计四、五日才到京。想你和北京通信一、二天就可到。以我早知道了。

若去...纪念章大小不一，收到后告我。

话章写信来，另候后详。

祝：

你身体好、工作好、学习好！

庵 北京 1968.9.18 夜
王 ...

谢君任给儿子的信手稿

我。他大约在9.1由上海起程返京，还要在天津下车，估计四、五日才到京。想你和北京通信一、二天就可到，比我早知道了。

寄去纪念章大小各一，收到后告我。

经常写信来，余俟后详。

祝：

你身体好、工作好、学习好！

爸爸 1968.9.18 中午
在巴音河

做个快乐的读书人

刘 墉

今天下午，你去上中文课之前，我看见你不断地翻书，一边翻，一边数，然后得意地说你这个礼拜读了两千多页的课外书，一定能得奖了。

过去的两个礼拜，爸爸也确实看见你每天才吃完饭，就抱着书看，爸爸还好几次对你说："刚吃完饭，应该休息休息，让血液去肠胃里工作。如果急着看书，血都跑到大脑里去了，会消化不良。而且刚吃饱比较糊涂，读书的效果也不好。"

只是不管爸爸怎么说，你都不听，才把书放下几分钟，跟着又拿起来。你读书的样子好像打仗似的，好快好快地翻，读完的时候还大大喘口气："哇，我又读了一本。"

现在，爸爸终于搞懂了。原来你们中文班上有读书比赛，每个礼拜统计，看谁读得多。爸爸不反对这种比赛，它确实能鼓励小朋友读不少中文书。只是，爸爸也怀疑你到底能记住多少，又读懂了多少。

如果你只是匆匆忙忙地翻过去，既不能咀嚼书里的意思，又不能欣赏美丽的插图，甚至不能享受那些故事，获得读书的乐趣——你读得再多，又有什么意义呢？

还记不记得两三年前，有一次爸爸妈妈带你去自然历史博物馆，进门时，有人发个小本子给你，说"欢迎参加发现之旅"。

原来他们在博物馆各个角落，设立了许多站。每到一站就可以盖个章。一整本都盖满章的小朋友，就能得到一份小奖品。

爸爸也非常欣赏博物馆的美意，知道他们希望借着这个方法，使小朋友能到每个展览室去参观。只是，那天没见到几个细细参观的小朋友，倒是见到不少家长，疲于奔命地跟着孩子跑来跑去——包括你的爸爸妈妈在内。

你也得到了一份奖品。但你想想，我们去博物馆那么多次，你那次是不是最累，却最没看到什么东西？

读书就跟到博物馆一样，你可以"精读"，从头到尾只待在一间展览室里，研究一两样东西；你也可以"浏览"，到处走走，遇到感兴趣的，就多读一下展品的说明。

读书也可以像是参加"发现之旅"的比赛。大家拼命读，拼命冲，比谁读得多，谁考得好。只是到头来，很可能没见到多少，没学到多少，徒然得个虚名，却浪费了时间又搞坏了身体。

孩子！你总是去图书馆，那里的书是不是好多好多，让你读一辈子也读不完？如果有个人天天都去读书，一辈子读了几千万页的书，他还有时间写文章、写书，或把学到的东西拿来使用吗？

孩子！爸爸不要你拿第一，只希望你做个快乐的读书人，而且快乐地读，快乐地用，常常温习，常常思索。

我希望你每星期只读一两本书，却能在读完之后对我提出很多自己的想法，甚至有一天对我说："爸爸，你看我也模仿那本书，写了一个小故事，我还画了几个插图呢！"

爸爸愿意哄着你长大

曹文轩

蒙蒙，我的儿子：

爸爸在给你写信。爸爸也许会在给你这封信时，突然改变主意而将它压下。爸爸并不一定要让你看到这封信，爸爸只是有话要说——写了信，就等于和你当面说话了。也许过一些日子，我又会将它交到你手上，也许会过很久很久，也许永远尘封直到它风化成纸的碎末。

几年前，你妈妈去美国了，我们又开始了朝夕相处的生活。我们已经很久很久未能朝夕相处了。那些年，我们总是断断续续地见面，匆匆地相聚，又匆匆地离别，渐渐地，我们之间的感情变得浅淡起来，生疏起来。而我总是被千头万绪的事情纠缠着、困扰着，无法静心思考我们之

间的关系。见了面，我只是从物质上满足你，甚至想通过
这些物质讨好你。我心里永远潜藏着内疚和不安。想到不
能与你朝夕相处，想到你身边不能有爸爸的身影随时相伴，
我觉得你是一个很不幸的孩子——每逢这个时候，我的心
里酸酸的，眼睛会变得潮湿。然而，我没有办法改变这样
的状况。因为毁坏了的，就只能永远毁坏了。当我看着你
小小的身影渐渐远去时，我只能自己安慰自己：你大了，
会懂的。

没想到，事情突然改变了——你妈妈要去远方了，你
必须回到我的身边。

你的姐姐冬冬向我描述了一次开家长会的经过。那次
家长会正赶上我在外地，由冬冬代我去开。当时正是美国
大学休假的时间，她在北京替我照料你。事后，她激动万分、
绘声绘色地向我描述了当时的情景："我刚到达校门口，就
有几个孩子迎上前来问：'你是曹西蒙的姐姐吗？'我说：
'是呀。'其中一个孩子说：'果然是。'我问他们：'你们怎
么知道我是曹西蒙的姐姐？'他们说：'蒙哥说了，最好看
的那个女孩就一定是我姐姐。姐姐，从这一刻起，你就尽
管吩咐我们。蒙哥委托我们来照料你的，他布置会场去了。'
一路上，他们不住地向我夸奖'蒙哥'的为人和种种美德。
我对他们说：'你们一定是曹西蒙的死党，就只知道给他涂

脂抹粉。'他们一副受了冤枉的神态：'姐，不是啦，我们说的都是事实。'到了那儿我才知道，这不是一次全体家长会，而是为解决班上一场同学之间的纷争而召开的，去的只是有关孩子的家长。我们家蒙蒙是这场纷争的主要人物。我们蒙蒙真棒！开会不久，他就第一个站起来发言，主动承担责任，并且将本不该由他承担的责任，也都揽到了自己的身上。太棒了，我们蒙蒙真是太棒了！……"冬冬对我说："舅舅，你完全没有必要担心蒙蒙，他是一个很出色的孩子。"我知道你冬冬姐之所以如此激动，如此不留余地地赞美你，正是因为她曾和爸爸一样在为你焦虑。不仅是冬冬姐，你的虎子哥哥、华子姐姐、二子哥哥、越越姐姐，都和爸爸一样曾为你焦虑过。现在，他们也开始和爸爸一样，在放松，在用别样的眼光打量你。

当然，你自己也在改变。你已经知道克制自己的脾气，已经知道在某些时候做出必要的退让。爸爸已经可以与你对话了，尽管这样的对话并不多，也不够推心置腹。但我们毕竟开始了对话。爸爸也学会了克制自己的脾气，做出必要的退让。当我们之间无时无刻不在的紧张得到缓解，当你一天天地变得快乐并在不断成长时，爸爸觉得带你来到这个世界上，真是一件非常好的事情。爸爸写过很多得意的作品，也许，你才是我最得意的作品。

现在，当我想起最初接管你时那种坐卧不安的焦虑，就会觉得不必要。我为我对你的行为总是不假思索地反感和指责，感到非常抱歉。爸爸愿意对自己的粗暴深刻反省，并愿意诚恳地向你道歉。

儿子，鲜亮的青春才刚刚开始光顾你。从今以后，你生命的光彩会迷倒无数人。长大吧，不住地长大，爸爸愿意哄着你。

两百年后的世界

刘慈欣

亲爱的女儿：

你好！这是一封你可能永远收不到的信，我将把这封信保存到银行的保险箱中，委托他们在我去世后的第二百年把信给你。不过我还是相信，你收到信的可能性更大一些。

当你看着这张信纸上的字时，爸爸早已消逝在时间的漫漫长夜中。我不知道人的记忆在两个多世纪的岁月中将如何变化，经过这么长的时间，我甚至不敢奢望你还记得我的样子。

但如果你在看这封信，我至少有一个预言实现了：在你们这一代，人类征服了死亡。在我写这封信的时候已经有人指出：第一个永生的人其实已经出生了。当时我是相信这话的少数人之一。

我不知道你们是怎么做到的，也许你们修改了人类的基因，关掉了其中的衰老和死亡的开关，或者你们的记忆可以数字化后上传或下载，躯体只是意识的承载体之一，衰老后可以换一个……

你收到这封信，还说明了一个重要的事实：银行对这封信的保管业务一直在正常运行，说明这两个多世纪中社会的发展没有重大的断裂。这是最令人欣慰的一件事，如果真是这样，那我的其他的预言大概也都成了现实。在你出生不久，在我新出版的一本科幻小说的扉页上，我写下了："送给我的女儿，她将生活在一个好玩儿的世界。"我相信你那时的世界一定很好玩儿。

你是在哪儿看我的信？在家里吗？我很想知道窗外是什么样子。对了，应该不需要从窗子向外看，在那个超信息时代，一切物体都能变成显示屏，包括你家的四壁，你可以随时让四壁消失，置身于任何景致中。

你可能已经觉得我可笑了，就像一个清朝的人试图描述 21 世纪一样可笑。但你要知道，世界是在加速发展的，21 世纪以后，两百多年的技术进步相当于以前的两千多年，甚至更长的时间，所以我不是像清朝人，而是像春秋战国的人想象 21 世纪那样想象你的时代，在这种情况下，想象力与现实相比将显得极度贫乏。

好吧，你也许根本没在看信，信拿在别人手里，那人在远方，是他（她）在看我的信，但你在感觉上同自己在看一样，你能够触摸到信纸的质地，也能嗅到那两个多世纪后残存的已经淡到似有似无的墨香……因为在你的时代，互联网上联结的已经不是电脑，而是人脑了。信息时代发展到极致，必然实现人脑的直接联网。

你的孩子不用像你现在这样辛苦地写作业了，传统意义上的教育已经不存在，每个人都可以在联入网络的瞬间轻易拥有知识和经验。但与人脑互联网带来的新世界相比，这可能只是一件微不足道的事。

说到孩子，你是和自己的孩子一起看这封信吗？在那个长生的世界里，还会有孩子吗？我想会有的，那时，人类的生存空间应该已经不是问题，太阳系中有极其丰富的资源，如果地球最终可以养活一千亿人，这些资源则可以维持十万个地球，你们一定早已在地球之外建立新世界了。

那时的天空是什么样子？天空是人类所面对的最恒久不变的景致，但我相信那时你们的天空已经有了变化，地球上所有的能源和重工业都已经迁移到太空中，那些飘浮的工厂和企业构成了星环。那是太空城，我甚至能想出他们的名字：新北京、新上海和新纽约什么的。

你的职业是什么？你所在时代应该只有少数人还在工作，而他们工作的目的已经与谋生无关。但我也知道，那时仍然存在着许多需要人去做的工作，有些甚至十分艰险。在火星的荒漠，在水星灼热的矿区，在金星的硫酸雨中，在危险的小行星带，在木卫二冰冻的海洋上，甚至在太阳系的外围，在海王星轨道之外寒冷寂静的太空中，都有无数人在工作着。你当然有权选择自己的生活，但如果你是他们中的一员，我为你而骄傲。

你在那时过得快乐吗？我知道，每个时代都有自己的烦恼，我无法想象你们时代的烦恼是什么，却能够知道你们不会再为什么而烦恼。首先，你不用再为生计奔忙和操劳，在那时贫穷已经是一个古老而陌生的字眼；你们已经掌握了生命的奥秘，不会再被疾病所困扰；你们的世界也不会再有战争和不公正……但我相信烦恼依然存在，甚至存在巨大的危险和危机，我想象不出是什么，就像春秋战国的人想象不出温室效应一样。这里，我只想提一下我最担心的事情。

你们遇到 TA 们了吗？你知道我指的是什么，人类与TA 们的相遇可能在十万年后都不会发生，也可能就发生在明天，这是人类所面临的最不确定的因素。关于未来，这是我最想知道的一件事。虽然我早已听不到你的回答，但还是请你告诉我一声吧。

亲爱的女儿，现在夜已经深了，你在房间里熟睡，这年你十三岁。听着窗外初夏的雨声，我又想起了你出生的那一刻，你一生出来就睁开了眼睛，那双清澈的小眼睛好奇地打量着这个世界，让我的心都融化了，那是21世纪第一年的5月31日，儿童节的前夜。现在，爸爸在时间之河的另一端，在两百多年前的这个雨夜，祝你像孩子一样永远快乐！

一支烟的故事

毕飞宇

亲爱的孩子：

你一直讨厌我抽烟，我也十分渴望戒烟，可是，我一直都没有做到，很惭愧。

今天就给你讲讲我抽烟的事，或许对你有所帮助。

1983年，十九岁的那一年，我开始了我的大学生涯。

我们宿舍里有八个同班同学，其中有两个是瘾君子。他们有一个习惯，掏出香烟的时候总喜欢"打一圈"，也就是每个人都送一支。这是中国人在交际上的一个坏习惯，吸烟的人不"打一圈"就不足以证明他们的慷慨。

我呢，那时候刚刚开始我的集体生活，其实还很脆弱。我完全可以勇敢地谢绝，但是，考虑到日后的人际，我犯了一个错，我接受了。这是一个糟糕的开始，许多糟糕的开始都是由不敢坚持做自己开始的。

但人也是需要妥协的，在许多并不涉及原则性的问题上，不坚持做自己其实也不是很严重的事情。我的问题在于，我在不敢坚持做自己的同时又犯了一个小小的错，虚荣。其实，所谓的"打一圈"是一个十分虚假的慷慨，如果当事人得不到回报，他也就不会再"打"了。这是常识，你懂的。我的虚荣就在这里，人家都"请"了我好几回了，我怎么可以不"回请"呢？我开始买香烟就是我的小虚荣心闹的，是虚荣心逼着我在还没有上瘾的时候就不停地买烟去了。

不要怕犯错，孩子，犯错永远都不是一件大事情。可有一件事情你要记住，学会用正确的方法面对自己的错，尤其不能用错上加错的方式去纠正自己的错。实在不知道如何应对，你宁可选择不应对。

我抽烟怎么就上瘾的呢？这是我下面要对你说的。

因为校内禁烟，白天不能抽，我的香烟并不能随身携带。放在哪里呢？放在枕头边上。终于有那么一天，你爷爷，也就是我的爸爸，来扬州开会来了。在会议的间隙，他来看望我。当你的爷爷坐在我的床沿和我聊天的时候，我突然发现了我枕边的香烟。藏起来已经来不及了。以我对你爷爷的了解，他一定是看见了，但是，他什么都没有说。你知道的，你爷爷也吸烟，但这并不意味着他会赞成他的儿子去吸烟——他会如何处理我吸烟这件事呢？我如坐针毡，很怕，其实在等。

十几分钟就这样过去了，我很焦躁。十几分钟之后，你爷爷掏出了香烟，抽出来一根，在犹豫。最终，他并没有把香烟送到嘴边去，而是放在了桌面上，就在我的面前，一半在桌子上，一半是悬空的。孩子，我特别希望你注意这个细节：你爷爷并没有把香烟送到你爸爸的手上，而是放在了桌子上。后来你爸爸就把香烟拿起来了，是你爷爷亲手帮你爸爸点上的。

现在，我想把我当时的心理感受尽可能准确地告诉你，在你爷爷帮你爸爸点烟的时候，你爸爸差点就哭了，他费了好大的劲才忍住了他的眼泪。你爸爸认定了这个场景是一个感人的仪式——他是一个真正的男人了，他男人的身份彻底被确认了。

事实上，这是一个误判。

我们先说别的，你也知道的，作为你的爸爸，我批评过你，但是，不知道你注意到没有，爸爸几乎没有在外人的面前批评过你。你有你的尊严，爸爸没有权利在你的伙伴面前剥夺它。同样，你爷爷再不赞成我抽烟，考虑到当时的特殊环境，他也不可能当着那么多的同学呵斥他的儿子。我希望你能懂得这一点，做了父亲的男人就是这样，在公共环境里，如何和自己的儿子相处，他的举动和他真实的想法其实有出入，甚至很矛盾。这里头有一个公开的秘密，做父亲的总是维护自己的儿子，但这并不意味着儿子的举动就一定恰当。

我想清清楚楚地告诉你，父爱就是父爱，母爱就是母爱，无论它们多么宝贵，它们都不足以构成人生的逻辑依据。

一个男孩到底有没有长成为一个男人，一支香烟无论怎样也承载不起。是你爸爸夸张了。夸张所造成的后果是这样的：爸爸到现在也没能戒掉他的香烟。

孩子，爸爸最享受的事情就是和你交流。囿于当年的特殊环境，你爷爷和你爸爸交流得不算很好，你和爸爸的环境比当年好太多了，我们可以交流得更加充分，不是么？

附带告诉你，爸爸一定会给你一个具备清晰表达能力的成人礼。

祝你快乐！

飞宇

2014年5月26日于香港

把生命浪费在美好的事物上

吴晓波

每个父亲，在女儿十八岁的时候，都有为她写一本书的冲动。现在，轮到我做这件事了。你应该还记得，从很小的时候，我就开始问你一个问题：你长大后喜欢干什么？

第一次问，是在去日本游玩的歌诗达邮轮上，你小学一年级。你的回答是，游戏机房的收银员。那些天，你在邮轮的游戏机房里玩疯了，隔三岔五，就跑来向我要零钱，然后奔去收银小姐那里换游戏币。在你看来，如果自己当上了收银员，那该有多爽呀。

后来，我一次又一次地问这个问题，你长大后喜欢干什么？

你一次又一次地更换自己的"理想"。有一次是海豚训练师，是看了戴军的节目，觉得那一定特别酷；还有一次是宠物医生，大概是送圈圈去宠物店洗澡后萌生出来的。我记得的还有文化创意、词曲作家、花艺师、家庭主妇……

十六岁的秋天，你初中毕业后就去了温哥华读书，因为我和你妈签证出了点状态，你一个人拖着两个大箱子就奔去了机场，妈妈在你身后泪流满面，我对她说，这个孩子从此独立，她将有权利选择自己喜欢的大学、工作和城市，当然，还有喜欢的男朋友。

在温哥华，你过得还不错，会照顾自己、有了闺蜜圈、第一次独自旅行，还亲手给你妈做了件带帽子的运动衫，你的成绩也不错，期末得了全年级数学一等奖。我们全家一直在讨论以后读哪所大学，UBC、多伦多大学还是QUEEN。

又过了一年，我带你去台北旅行，在台湾大学的校园里，夕阳西下中漫步长长的椰林大道，我又问你，你以后喜欢干什么？

你突然说，我想当歌手。

这回你貌似是认真的，好像一直、一直在等我问你这个问了好多年的问题。

然后，你滔滔不绝地谈起自己对流行音乐的看法，谈了对中国当前造星模式的不满，谈了日韩公司的一些创新，谈了你自认为的歌手定位和市场空间，你还掏出手机给我看 MV，我第一次知道 Bigbang，知道权志龙，我看了他们的 MV，觉得与我当年喜欢过的 Beyond 和黄家驹那么的神似，一样的亚洲元素，一样的都市背街，一样的蓝色反叛，一样的如烟花般的理想主义。

在你的眼睛里，我看见了光。

作为一个常年与数据打交道、靠理性分析吃饭的父亲，我提醒你说，如果按现在的成绩，你两年后考进排名全球前一百位的大学，大概有超过七成把握。但是，流行歌手是一个与天赋和运气关系太大的不确定行业，你日后成为一名二流歌手的概率大概也只有百分之十，你得想清楚了。

你的目光好像没有游离，你说，我不想成名，我就是喜欢。

我转身对一直在旁边默默无语的妈妈说，这次是真的。

其实，我打心眼里认同你的回答。

在我小时候，没有人问过我这个问题。从一年级开始，老师布置写作文"我的理想"，保卫祖国的解放军战士、像爱因斯坦那样的科学家或者是遨游宇宙的宇航员，现在想来，这都是大人希望我们成为的那种人，其实大人自己也成不了。

这样的后果是很可怕的。记得有一年，我去四川大学讲课，一位女生站起来问我："吴老师，我应该如何选择职业？"她是一位物理系在读博士生。我问她："你为什么要读物理，而且还读到了博士？"她说："是我爸爸妈妈让我读的。""那么，你喜欢什么？"她说："我不知道。"

还有一次，在江苏江阴，我遇到一位三十多岁的女商人，赚了很多钱，却说自己很不快乐。我问她："那么，你自己喜欢什么呢？"她听到这个问题，突然怔住了，然后落下了眼泪。她说，我从来没有想过这个问题。从很小的时候，她就跟随亲戚做生意，从贩运、办厂到炒房产，什么赚钱干什么，但她一直没有想过，自己到底喜欢什么。

今日中国的90后，是这个国家近百年来，第一批和平年代的中产阶级家庭子弟，你们第一次有权利也有能力选择自己喜欢的生活方式和工作——它们甚至可以只与兴趣和美好有关，而无关乎物质与报酬，更甚至，它们还与前途、成就、名利没有太大的干系，只要它是正当的，只要你喜欢。

喜欢，是一切付出的前提。只有真心地喜欢了，你才会去投入，才不会抱怨这些投入，无论是时间、精力还是感情。

这个世界上，不是每个国家、每个时代、每个家庭的年轻人都有权利去追求自己所喜欢的未来。所以，如果你侥幸可以，请千万不要错过。

接下来的事情，在别人看来就特别的"乌龙"了。你退掉了早已订好的去温哥华的机票，在网上办理了退学手续，我为你在上海找到了一间日本人办的音乐学校，它只有11个学生，还是第一次招生。

过去的一年多里，你一直在那间学校学声乐、舞蹈、谱曲和乐器，据说挺辛苦的，一早上进琴房，下午才出得来，晚上回到宿舍身子就跟散了架一样，你终于知道把"爱好"转变成"职业"，其实并不是一件容易的事情。其实，我到现在还不知道你到底学得怎么样，是否有当明星的潜质，但是有一点是肯定的，你确乎是快乐的，你选了自己喜欢走的路。

"生命就应该浪费在美好的事物上。"

这是台湾黑松汽水的一句广告词，大概是十二年前，我在一本广告杂志上偶尔读到。在遇见这句话之前，我一直被职业和工作所驱赶，我不知道生活的快乐半径到底有多大，什么是有意义的，什么则是无效的，我想，这种焦虑一定缠绕过所有试图追问生命价值的年轻人。是这句广告词突然间让我明白了什么，原来生命从头到尾都是一场浪费，你需要判断的仅仅在于，这次浪费是否是"美好"的。后来，当我每做一件事情的时候，我便问自己，你认为它是美好的吗？如果是，那就去做吧，从这里出发，我们去抵抗命运，享受生活。

现在，我把这句话送给十八岁的女儿。

此刻是2014年12月12日。我在机场的贵宾室完成这篇专栏文字，你和妈妈在旁边，一个在看朋友圈，一个在听音乐，不远处，工人们正在布置一棵两人高的圣诞树，他们把五颜六色的礼盒胡乱地挂上去。我们送你去北京，到新加坡音乐人许环良的工作室参加一个月的强训，来年的1月中旬，你将去香港，接受一家美国音乐学院的面试。

说实在的，我的十八岁的女儿，我不知道你的未来会怎样，就好比圣诞树上的那只礼盒，里面到底是空的，还是真的装了一粒巧克力。

姥姥的信

杨瑞兴

　　这是一封从胶东解放区发往晋察冀边区前线的急信。发信的人是我的姥姥，信寄给她的儿子——我的大舅——人民解放军晋察冀边区政治部卫生队宣传科副科长——徐惠人。信的内容如下：

　　象坤书悉。前天寄去一信，谅先收阅。兹为自汝父去世后，常见邻居一家团叙，何等快乐喔。我则孤单一人，何等难过。况汝父去世后，一切化［花］费及咱之药铺应如何办理，我又向谁来说。每念他人有子，朝夕叙谈，我有儿子，竟能十年不见一面！想人生处此环境，有何意味。一思及此，则想儿之心如刀

象坤吾兒前天寄去一信諒先收閱兹再為自汝父去世淚

常見隣居一家團叙何如快樂唯我則孤單一人何甘難过

況汝又去世後一切代費及咱之菜舖吞此如何办理我又向誰来

該毎念他人有子朝夕叙談我有兒竟使十年不見一面想

人生康此環境有何意味一思及以則想兒之心如刀割針刺

不思飲食近日竟覺身倦不适我兒若念母子之情而共首長

婉言請假或日末家一蹄既能稍慰我心又能办理家務稍住幾日

再返原地工作我決不攔當即便道路梗阻亦要設法来家一蹄

倘置之不理恐我憂成不起之疾迎時想見我面亦恐不易沒我見

三思為要之之别不多示

書屠十七日

母字

姥姥的信

割针刺，不思饮食，近日竟觉身体不适。我儿若念母子之情，可与首长婉言请假，来家一趟，既能稍慰我心，又能办理家务，稍住几日，再返原地工作，我决不拦留。即便道路梗阻，亦要设法来家一趟，倘置之不理，恐我忧成不起之疾，迩时想见我面，亦恐不易，望我儿三思为要。别不多示。

古历正月十七日　母字

　　时间是1948年，正值人民解放战争进入战略决战、中国历史面临转折的关键时刻。

　　我母亲本来兄妹三人，家在山东省招远县城里村。姥爷喜读诗书，自学中医，远近驰名，家里靠着姥爷在县城东关街（当时招远县的一条商业街）上开的一家叫"德裕厚"的药店，过着还算殷实的生活。据母亲讲，姥爷乐善好施，经常接济穷人，"吃亏是福"是老人家常挂在嘴边儿的信条。

给我未来的孩子

张 梅

孩子，我首先希望你自始至终都是一个理想主义者。你可以是农民，可以是工程师，可以是演员，可以是流浪汉，但你必须是个理想主义者。

当你童年，我们讲英雄故事给你听，并不是一定要你成为英雄，而是希望你具有纯正的品格。当你少年，我们让你接触诗歌、绘画、音乐，是为了让你的心灵填满高尚的情趣。这些高尚的情趣会支撑你的一生，使你在最严酷的冬天也不会忘记玫瑰的芳香。理想会使人出众。

孩子，不要为自己的外形担忧。理想纯洁你的气质，而最美貌的女人也会因为庸俗而令人生厌。通向理想的途径往往不尽如人意，而你亦会为此受尽磨难。但是，孩子，你尽管去争取，理想主义者的结局悲壮而绝不可怜。

在貌似坎坷的人生里，你会结识许多智者和君子，你会见到许多旁人无法遇到的风景和奇迹。选择平庸虽然稳妥，但绝无色彩。

不要为蝇头小利放弃自己的理想，不要为某种潮流而改换自己的信念。物质世界的外表太过复杂，你要懂得如何去拒绝虚荣的诱惑。理想不是实惠的东西，它往往不能带给你尘世的享受。因此你必须习惯无人欣赏，学会精神享受，学会与他人不同。

其次，孩子，我希望你是个踏实的人。人生太过短促，而虚的东西又太多，你很容易眼花缭乱，最终一事无成。

如果你是个美貌的女孩，年轻的时候会有许多男性宠你，你得到的东西太过容易，这会使你流于浅薄和虚浮；如果你是个极聪明的男孩，又会以为自己能够成就许多大事而流于轻佻。

记住，每个人的能力有限，我们活在世上能做好一件事足矣。写好一本书，做好一个主妇。不要轻视平凡的人，不要投机取巧，不要攻击自己做不到的事。你长大后会知道，做好一件事太难，但绝不要放弃。

你要懂得和珍惜感情。不管男人女人，不管墙内墙外，相交一场实在不易。交友的过程会有误会和摩擦，但你想一想，偌大世界，有缘结伴而行的能有几人？你要明白朋友终会离去，生活中能有人伴在身边，听你倾谈，倾谈给你听，就应该感激。

要爱自己和爱他人，要懂自己和懂他人。你的心要如溪水般柔软，你的眼波要像春天般明媚。你要会流泪，会孤身一人坐在黑暗中听伤感的音乐。你要懂得欣赏悲剧，悲剧能丰富你的心灵。

希望你不要媚俗。你是个独立的人，无人能抹杀你的独立性，除非你向世俗妥协。要学会欣赏真，要在重重面具下看到真。

世上圆滑标准的人很多，但出类拔萃的人极少。而往往出类拔萃又隐藏在卑琐狂荡之下。在形式上我们无法与既定的世俗争斗，而在内心我们都是自己的国王。如果你的脸上出现谄媚的笑容，我将会羞愧地掩面而去。世俗的许多东西虽耀眼却无价值，不要把自己置于大众的天平上，不然你会因此无所适从，人云亦云。

在具体的做人上，我希望你不要打断别人的谈话，不要娇气十足。你每天至少要拿出两小时来读书，要回信写信给你的朋友。不要老是想着别人应该为你做些什么，而要想着怎么去帮助他人。借他人的东西要还，不要随便接受别人的恩惠。要记住，别人的东西，再好也是别人的；

自己的东西，再差也是自己的。

孩子，还有一件事，虽然做起来很难，但相当重要，这就是要有勇气正视自己的缺点。你会一年年地长大，会渐渐遇到比你强、比你优秀的人，会发现自己身上有许多你所厌恶的缺点，这会使你沮丧和自卑。但你一定要正视它，不要躲避，要一点点地加以改正。战胜自己比征服他人还要艰巨和有意义。

不管世界潮流如何变化，但人的优秀品质却是永恒的：正直、勇敢、独立。我希望你是一个优秀的人。

其实爸妈也是装的

郑国强

18号是你二十三岁的生日，接下来这一年你也即将大学毕业走上工作岗位，爸爸有些话想送给你。

先说一些一直以来你可能不知道的事。

你一定有印象，在你初一的某个晚饭时，我把性书（《金赛性学报告》）放在桌上叫你拿回房间看。你妈说了句，鬼儿吊（小孩子）看这书干吗？还饭桌上拿出来，偷偷放你房间里就是了。

当时你十分难为情地低下了头。

后来我看到《钱江晚报》采访你，你回忆这事时说，其实你是装的，你六年级暑假就看过了。

我要告诉你，儿子，其实爸妈也是装的。

你知道为什么爸爸要在那个时候给你看性书吗？是你妈早上洗到了你画地图的内裤，我们商量着是时候该给你性教育了。给你看这书，你妈事先是知道的。她就是怕你难为情，才装自己也不好意思，好给你个台阶下。

所以，以后你工作了千万要记住，大人的心思你是看不透的，别老以为自己灵光，别人都是老嗨（傻）。人犯嗨（傻）的时候，往往自己不知道。

从小到大，对于你的爱好，爸爸从不干涉。

小时候干涉过一回，干了爸爸这辈子最后悔的一件事，这个待会再说。

小学前你酷爱打麻将。你妈反对，我却赞同，我觉得打麻将不仅让你很早地学会了数数、加减和识字，而且还让你分清左右，大大开发了你的智力。到了三四年级的时候，你已练就了能用手盲摸出所有麻将牌。逢年过节，你就给亲戚朋友们表演。我觉得你很争脸，你妈觉得很丢人，这样下去你会变成赌棍。但事实证明，你现在对女孩子的兴趣远远超过麻将。

后来你学国际象棋，你妈不同意，觉得下棋那是跟遛狗、钓鱼配套的老年人运动。年轻人应该学画画。

后来你淘气，没去你哥那学画画，天天摸到文化宫打台球。被你妈发现了，你妈很生气，叫我去台球店拎你回来。

　　我那次找你的时候，你正在帮老板跟一中年人打香烟。老板见了面夸你台球打得相当好，收你当小徒弟，说你在这一带打台球很有名。爸爸确实不懂台球，不知道老板是说真的还是帮你吹牛，但爸爸听了心里还是很高兴的。

　　但你妈不高兴，觉得打台球是小混混的运动，还不如让你去干老年人的运动。

　　于是就让你学国际象棋去了。

　　后来爸爸知道丁俊晖以后，才悟过来原来打台球还能这么出息。如果时间能倒流，我愿意做一次丁爸爸，就算你不是真的丁俊晖，爸爸认了。反倒现在，我心里老觉得是不是把一台球神童砸自己手上了？

　　后来你下国际象棋，半年后就拿了丽水市第一。爸爸很惊讶。觉得这次得吸取教训，好好培养你下棋。结果不知道为什么，你自己不要下了。你妈不同意，觉得这是一个特长应该继续培养，以后拿奖了搞不好中考、高考可以加分。当时爸爸就讽刺你妈，不知道是谁以前说这是老年人运动，没前途。虽然爸爸不知道你为什么不愿意继续下，但是我觉得，既然你不愿意了，逼你也没意思。

　　如果国际象棋这事，我还能说服你妈的话，那么你休学写小说这事，真的让我们家陷入了激烈的家庭矛盾。

有代沟，这很正常。你妈当初听到你不想读书想写小说，快疯了，骂你长这么大就没一次让她省心过。也骂我，都是我不闻不问纵容你自由发展给惯的。她觉得，小说什么时候都能写，但读书这玩意是不能停的，一旦休学在社会上混了一年，就直接成小混混不会回去读书了。就算回去读书，肯定静不下心来考上大学。

我说，我相信你会的，因为你向爸爸承诺过只需要一年时间实现自己的理想，然后乖乖回去上课。

这个承诺的代价是我赌上了跟你妈的婚姻。你妈当时知道我支持你休学，闹着跟我离婚，爸爸压力很大。当然庆幸的是，你最后遵守了自己的承诺，用实际行动证明你没有变成小混混，还是上了大学。

你当时质问你妈，为什么不尊重你的理想？你现在长大了，再回过头来换位想一想，我们两父子尊重过你妈的理想吗？

是的，你妈没有理想。

我跟你妈结婚的时候，我就问过你妈的理想，你妈说，赚钱好好过日子呗，讲什么理想。你妈就是这么传统现实的小女人，干的活是相夫教子，把自己的个人价值依附在家庭上。作为一个独立的个体，她很可悲；但作为妻子和母亲，她很伟大。

她只希望你能好好读书，考上好大学，找到好工作，娶个好老婆，然后生个胖儿子，接着为你的孙子操心。这就是她全部的理想。而你休学后，让她在一堆中年妇女们吹牛自家儿子考了第几名时一点都插不上话。她觉得很没面子，她就是那种活在别人眼里的人，她是很累，但她一把年纪难不成我们俩还忍心强迫她改改价值观吗？

爸爸很理解你，休学那一年，你妈的整天唠叨和长辈们苦口婆心的劝说让你很烦躁，压力很大。其实爸妈何尝不是这样。在朋友同事、亲戚长辈面前，爸妈是不负责任的父母，没有把你劝回正道。你奶奶还一直骂我毁了郑家唯一的香火，怎么对得起你死去的爷爷！

不过爸爸不后悔自己的这个决定，因为我觉得这对于你的人生来说，是一次很好的教育。它让你明白在这个世俗的社会，坚守理想的代价不仅仅需要一个人，还需要一群人。

爸爸可以毫不脸红地吹牛说，是爸爸的强大支撑了你实现理想。

我希望你以后也能成为这样的爸爸。

爸爸之所以能理解你的理想，懂你那句"很多理想年轻的时候不坚持，老了就力不从心了"，是因为爸爸就是活生生的力不从心的例子。

我二十九岁娶你妈，三十岁生了你。结婚的时候，房子住的是你妈单位分的，你妈的工资是我的四倍。我汽校毕业的，但不会修车不会开车，我只会拍照。因为穷，当时家里的姐妹们甚至你奶奶都看不起爸爸，认为爸爸不务正业，拍照发不了大财。

　　在一群用钱来衡量人生价值的老嗨（傻人）面前，我懒得搭理她们，活在自己的世界里。靠着120块的海鸥照相机，爸爸拍出了这辈子最优秀的作品，在国内外拿奖，真的养活了自己。

　　直到碰到你妈，有了你以后，我知道光养活自己是不够的，还得养家。虽然你妈丝毫不介意她赚钱来养家，但是我介意。爸爸没有抵挡住世俗的诱惑，妥协了，后来放下了照相机开舞厅，开冷饮店，开餐馆，我安慰自己，赚了钱还可以回来继续实现理想。

　　但是爸爸低估了钱的力量。

　　钱让我们住进了大房子，钱让别人看得起我们，同样，钱也糟蹋了爸爸最好的年华。爸爸曾经一度钻进钱眼里，除了赚钱，对别的一点都不感兴趣。等到后来觉得赚够了钱，该去重新拾起理想的时候，我悲哀地发现，已经找不到感觉了。我觉得自己很失败，难道我这　辈子勤勤恳恳努力下来就只是为了让当年的海鸥变成现在的尼康吗？就是为了当年睡街头拍照变成现在住高档酒店去拍领导开会吗？

爸爸曾经一度把自己的理想寄托在你身上。

爸爸给你取名叫郑艺，就是希望你以后搞艺术。爸爸在你小时候，经常给你介绍照相机，看摄影杂志，但你只对麻将感兴趣。爸爸就强迫你每天听我给你上半小时的摄影课，最后的结果是你把柯达傻瓜机该装胶卷的地方拿着装水。爸爸很生气，当时就给了你一巴掌。这就是爸爸最后悔的事。

在这个社会，理想太容易妥协，欲望太容易放大。

年轻的时候，爸爸立志要成为全世界最厉害的摄影家，后来退到成为全中国最厉害的，再后来退到全中国最厉害之一，再退到能在浙江省小有名气就好。

而欲望呢？

最开始爸爸没有欲望，拍自己喜欢的，拍自己想拍的东西；后来觉得为了养活自己拍点自己不想拍的也没事；再后来为了能升官，多拍拍领导想拍的未尝不可；再后来只要能赚钱，不拍照也行。

原则（底线）就是这么一退再退，当退到某一天，我拿着相机卖力地拍着领导讲话，你妈打麻将拿着《大众摄影》垫桌脚，我就突然很鄙视自己。我这十几年都在干什么啊？

所以，当你姨妈很鄙夷地说：当小学老师能赚几个钱？还不如跟着她开店倒房子。你很幼稚地说：赚钱不是我的理想。当你妈说你文笔很好，应该努力进入党政机关工作，考公务员当秘书的时候，你很无奈地说：《人民日报》和新华社的文章我写不来。我听了就哈哈大笑，只有她们俩还老嗨（傻）地继续跟你说，写不来可以学嘛，多工作几年就会写了。

爸爸不理解你为什么会喜欢上小学老师这个工作，就像我很惊奇你怎么能想得出经典丽水话里那么多的黄色小广告。不过爸爸喜欢看你投入到自己喜欢的事情中去，并过得快快乐乐。就像爸爸对着《老白谈天》说的那样，你爱干嘛干嘛，你想干嘛干嘛，自由发展，爸爸全力支持。

随着年龄的增长，你的很多想法会变得更成熟。比如不是所有妥协都是失败，有时候妥协是为了更大的坚持。

试想，如果你只是一个一线的小学老师，你最多只能改变一个班的孩子。但如果你是一个校长？一个教育局局长？自己开个学校？你想一想会不会造福更多孩子呢？

当然，爸爸不要求你二十几岁就明白这些道理。如果一个人从二十岁就开始妥协，做自己不喜欢的事只为了一心往上爬，那么到了爸爸这个年纪的时候，他绝对妥协成了混蛋。

爸爸童年里的理想是被人强加上去的。像爸爸现在跑步的时候经常呼一些口号，你觉得很好笑，比如团结紧张、严肃活泼、提高警惕、保卫祖国。但是爸爸当年喊这些的时候可是正儿八经的。所以上次爸爸听你发表理想主义的长篇大论时，爸爸很震撼，你真的不是小孩子了，有了自己的想法。爸爸当时说你不切实际，那是爸爸这个年纪的人本能的回答。后来爸爸睡觉前想了想，为什么很多人一听到理想主义的生活，连试都没有试过就断定自己做不到呢？甚至还要打击去试图这么做的人。爸爸不知道为什么一不小心就成了这样的人。

爸爸知错就改，现在衷心希望你理想主义地活一辈子，也祝福你找到一个同样理想主义的女孩子。如果将来你妥协了，千万别以妥协为荣，也别给自己的妥协找借口，要懂得鄙视自己。只有不断鄙视妥协的自己，才能坚守住做人的原则。只有不断反省梦想的价值，才不会让暂时的妥协变成永远的放弃。

唯独房子，一个男人要靠自己挣。最近你妈吵着要我一起拿钱出来买房子。她的理由是，一个男人结婚前父母不给他准备房子是很没面子的事。我已经明确告诉你妈了，你将来的房子，我一毛钱不会出，出得起也不会出。我觉得儿子买房不是父母的责任，就算有钱也不出钱给你买房也不是什么丢人的事。

但是如果你要创业，只要你有一个合适的想法，爸爸做你的股东；只要你想出国留学，爸爸愿意倾家荡产在你身上投资。

唯独房子，我觉得一个男人要靠自己挣。要么你自己一边理想主义地生活，一边挣够买房子的钱；要么就为了房子妥协你的理想；再要么就有本事找到一个跟你一样理想主义的人压根不需要买房。这种考验能让你人生变得丰富，并且帮助你长大。

还有顺带交代了后事。如果我先你妈走，那么我希望你能把你妈接来跟你一起住，就像奶奶现在住我们家一样；如果你妈先我走，我决不会跟你住，我雇个保姆去大港头租个房子一个人过。

我不需要你来赡养，你过得开心，能成家立业养好自己的孩子就是对我，也是对郑家最大的报答。如果以后有孙子，而且他喜欢摄影，这可能是我住到你家的唯一理由。

最后，从今年开始，以后每年给你爷爷上坟时，你走在最前头。如果你以后有了自己的房子，那么家里得供着你爷爷，租的房子就算了。

唠唠叨叨写了一叠，最后还得肉麻一下，你是爸爸的骄傲。

生日快乐！一切顺利！

2010年12月

给刚入大学的女儿九条忠告

吴 辉

宝贝，光阴似箭，日月如梭。襁褓中咿呀学语，庭院里蹒跚学步，都早已是很久以前的事了。不知不觉你已长大，转眼就要上大学了。按理说，十八岁就是成年人，我本不该有什么担心。只是你自从出生以来，从来没有离开过家，我总担心你在外面照顾不好自己。你说不希望在本地上大学，我理解，也支持。外面海阔天空，你可以自由翱翔。

你很讨厌说教，但在你外出求学之前，我仍要啰唆几句。对你未必有效，对我却是安慰。

关于道德。做一个有道德的人，这个说法并不新鲜，我主要是想说怎么做的问题。道德首先是一种实践，善良不能仅存于内心。记得有一次坐公交车，我主动给一位老人让座。当时你和君姐都说，没想到我会给人让座。我问你们，老师不就是这样教你们的吗？你们说是，只是觉得做的时候有点不好意思。我理解年轻人的这种心理，我第一次帮助别人时，也很在乎别人的眼光。现在想来，根本不必。一件好事，不存私利，有何担心，怕啥议论？生活中有很多小事，只要信手拈来，就是一种善行。当你可以帮助别人时，不要吝啬。世界将因你的举手之劳，变得更加美好。爸爸受过别人的恩惠，我们要懂得反哺社会的道理。

关于专业。专业的好坏是相对的、辩证的。今天的好专业不等于永远的好专业。当大家都觉得一个专业很好时，这个专业离毁灭就为期不远。不要用利益的标准来衡量专业好坏。挑专业就是挑兴趣，专业再热，学科再强，你不喜欢，没有意义。兴趣的标准更稳定，利益的标准不长久。做自己喜欢的事，看自己喜欢的书，是人生一大享受。挑你喜欢的，学你热爱的，工作当有更多快乐，生活会有更高品质。任何专业，只要学得足够好，不愁得不到别人不曾得到的东西。好比旅行，只要走得足够远，就能看得见别人未曾看见的风景。人类社会不断发展，专业分工更为精细，但专业分工不能分得井水不犯河水。各种专业都是解释世界的方式，广泛涉猎，你会更具智慧。

关于知识。读书无用论是存在的，没有读书也发横财的人也是有的。但个案不能说明问题，普遍现象才有说服力。稍懂道理的人就知道，即使用金钱衡量，知识作用也不可忽视。不然，著名跨国公司对智力因素的高度重视就无法解释。只要做一个简单的统计，就会发现知识与收入的正相关关系。读书到底有没有用，关键是如何看待有用，不能只用"金钱"这一个标准。知识使人生拥有更多可能。知识决定一个人的气质、趣味、眼界、欣赏水平、价值观……这些都是影响生活质量的关键因素。这些都是知识熏陶的结果，而不是金钱交换的产物。如果你大学毕业后，能认识到还有很多更有意义的生活方式，那这个大学就没有白上。

关于阅读。大学与高中最大的区别是，自由很多，挥霍自由的人也很多。希望你能利用这难得的自由，多读些书。现在很多年轻人不喜欢阅读，他们可以花很多时间逛街、淘宝、打游戏、网络聊天……就是不肯花时间安安静静地阅读。我曾给学生写过一条读书寄语："趁年轻，认认真真跟好书来一次热恋。"我强调趁年轻，走上社会你就知道，抽出时间来读书是多么不易。我还强调读好书，有些书确实害人，思想贫乏，内容平庸。读书像交友，要

江西财经大学 现代经济管理学院
Modern Economics & Management College of JUFE

　宝贝：

　　光阴似箭，日月如梭。襁褓中牙牙学语，蹒跚学步，那早已是很久以前的事了。不知不觉你已长大。转眼你就上大学了。按理说，18岁就是成年人，我本不该有什么担心。只是你自从出生以来，从来没有离开过家，我总担心你在外面照顾不好自己。你这不牵手在本地上大学，我理解，也支持。外面海阔天空，你可以任意飞翔。

　　你很讨厌说教。但在你外出求学之际，我仍要唠嗓几句。对你未必有效，对我却是安慰。

　　关于道德。做一个有道德的人，这个想法并不抽象。我主要是想说怎么做的问题。道德首先是一种实践，善良不仅仅有于内心。记得有一次坐公交车，我主动给一位老人让座。当时你和弟弟都说，没想到我会给人让座。我问你们，老师不就是这样教你们的？你们没言，只是觉得这样做的时候有点不好意思。我理解年轻人的这种心理。我第一次帮助别人时，也很在乎别人的眼光。现在想来，根本不必。一件好

地址：南昌市昌北玉屏大道　　　　电话：0791—3843266　　　　邮政编码：330032

吴辉给女儿的信手稿（节选）

了。不存私利。有何担心，怕他念议论，总在其中有很多小子。只要你手指来，就是一种善行。当你可以帮助别人时，不是吾害，也是你同你的举手之劳。爱让更加美好。爸也爱过别人的恩惠，我们要懂得反哺社会的道理。

关于专业。专业的好坏是相对的、辩证的。今天的好专业不等于永远的好专业。当大家都认为一个专业很好时，这个专业几天就为期不远。不要完全同利益的标准来衡量专业的好坏，挑专业就是挑兴趣，专业再热，学科再强，你不喜欢，没有意义。兴趣的标准更稳定，利益的标准不长久。做自己喜欢的，看自己喜欢的书，是人生一大享受。挑你喜欢的，学你热爱的，工作会有更多快乐，生活会有更高品质。任何专业，只要学得足够好，不愁没不到别人不曾没的东西。好比旅行，只要走得足够远，就能看没过别人未曾看见的风景。人类社会了，断发展。专业分工更精细，但专业分工不能步得井水不犯河水，各种专业都是阐释世界的方式，广泛涉猎，你会更有智慧。

吴辉给女儿的信手稿（节选）

仔细甄别，非善勿近。一个简单的方法是读经典，经典是时间选择的产物，读者挑剔的结果。一本书之所以成为经典，肯定有它的道理。只要是经典，只要你想读，都可以去读。

关于竞争。如今这个年代，需用实力说话。规则应该会越来越公平，竞争肯定会越来越残酷。爸爸是个倔强的人，办事不喜欢求人，也很少求过别人。当初我从小学调到初中，是因为校长觉得我有教初中的水平；县城的学校招聘六名老师，我考了第三名，可没有被录取，没有关系，我不求别人，第二年我就考上了研究生，离开了那个地方。不靠人情关系，就靠本事竞争。虽然这样，比较辛苦，但于外能赢得别人尊重，于内能得到心里安稳，多好！你要知道，一个人如果不想过低三下四的生活，就必须有能让自己挺胸抬头的资本。大学是个重新洗牌的地方。抓住机会，提高自己。直面风雨人生，迎接时代挑战。

关于漂亮。这是个讲究感官刺激的时代，给人的视觉感受很重要。爱美之心，人皆有之，女孩子就更是如此吧。人靠衣装，佛靠金装。人要懂得修饰自己，遗憾的是，这方面我没有什么经验可以传授给你。你学习之余，不妨适当看看修饰打扮方面的书籍或时尚杂志。适当买些新衣服，戴首饰点缀，用化妆增色，都是可以的。当然，漂亮、有魅力不仅仅是指外表。言谈举止，会传递一个人的风度；待人接物，可泄露一个人的修养。内外兼修很重要，我可不希望你追求花瓶式的漂亮。再说，我们家里还没有一个人有当花瓶的资本。知识是最好的化妆品，良好的素养会让人更有魅力，这是一种岁月都无法剥夺的吸引力。

关于恋爱。爱情很美好，爸爸希望你能找到意中人。孩子，只要你幸福，我的一生就圆满了。恋爱很严肃，对待须认真。感情不是拿来玩的，恩爱不是用来秀的。真爱深沉而非浅薄，真心无私而不贪婪。你的爱人不是你的私有品。你可以想他，但不要轻易打扰他；你可以爱他，但不要牢牢限制他。恋爱会让人做出各种傻事而不自知，你是女孩子，要懂得洁身自好，什么事可以做，什么事不可以做，在去约会的路上就要想清楚。感情失败，女生总要伤得深一些。男孩追女孩，花样繁多，攻势凌厉，有的让人十分感动。爱的决定应该基于平时细致的考察，而不是一时的冲动。希望你将来的男朋友正直、有涵养。如果你们是认真的，我会祝福你们。

关于交友。大学是读书之所，也是交友之地。人的一生一定要有几个交情过命的朋友。幸福人生不是取决于金钱财富，而是取决于社会关系。朋友是广泛的社会关系中的一种。快乐有人分享，你会更快乐；悲伤有人分担，你不会太悲伤。各地都有人值得你牵挂，到处都有牵挂你的人，你会觉得世界充满阳光，心里如沐春风。世界上没有无缘无故的爱，也没有无缘无故的恨。希望别人对自己好一点，首先就要对别人好一点。大学宿舍，数人一寝，大家远道而来，是前世定下的相遇。同处一个屋檐下，低头不见抬头见。遇事能让则让，有难可帮就帮。予人玫瑰，手有余香。

关于时间。时间最公平，每个人的一天都是24小时。时光最易得，但也最不为人所珍惜。生活中常常听人说，要把时间补回来。时间是补不回来的，浪费了就是浪费了。不要总觉得自己还年轻，干什么事都觉得还早。有道是，"记得少年骑木马，转眼已是白头人"。大学生的时间往往会无谓地消耗在两个方面，一是社团活动，二是上网。适当参加社团活动，广交朋友，增长见识，确是好事。但太多的课外活动，会使时间以各种光明正大的名义被浪费。网络很便利，网络也很误事。电脑、手机让你时刻与外界保持联系，也让你时刻受到外界干扰。不妨在适当的时候，把网络关闭，让时间花在更有意义的事情上。

宝贝，说一千道一万，都不如你亲自去实践。爸爸不能教会你所有，也不能陪伴你一生。时光流逝，生命不会常在；总有一天，别离会成永远。希望这些建议能有益于你。无论何时何地，都要快乐幸福。你若安好，我无论在哪里，都是天堂。

2014年8月于南昌

记住陌生人的好

唐池子

亲爱的小宝贝：

　　妈妈知道你是踩着花朵的脚步来的，要不，这迎接你的一路上怎么会充满甜甜的馨香呢！

　　每次妈妈就像童话里的那个女孩，摸索着探出有些怯然的脚步，谁能料到那怯然的脚下会踏出一朵玫瑰。

　　一朵，一朵，那些美丽的花朵就盛开在我们身边，像一个个人间的奇迹。那甜甜的馨香呵，就这样日日充满妈妈的心间，让妈妈的心怀着怎样的感怀感动去面对这个全新的世界。

　　那次去医院例行产检，你在妈妈肚子里又健康又安全，妈妈好开心。回家的时候，天有些暗下来，看来马上要下

宝贝情书
记住陌生人的好

亲爱的小宝贝：

妈妈知道你是踩着花朵的脚步来的，要不，迎接你的一路上怎么会充满甜甜的馨香呢！

每次妈妈就像童话里的那个小女孩，摸索着探出有些怯怯的脚步，谁能料到那怯然的脚步下会绽开一朵玫瑰。

一朵，一朵，那些美丽的花朵竞盛开在我的身边，像一个人间的奇迹，那甜甜的馨香啊，就这样日日充满妈妈的心间，让妈妈的心怀着怎样的爱怀着勇气去面对这个全新的世界。

那次去医院例行产检，你在妈妈肚子里又健康又安全，妈妈好开心。回来的路上，天慢慢暗下来，看来马上要下大雨了。上了一辆出租车，司机叔叔说："可能要下雨了，但愿这雨在你到家后再下下来。"心里有点感动，这位叔叔真为我们着想啊。叔叔的车开得很稳，大概为了让宝贝你在妈妈肚子里睡给安稳吧。天越来越来越暗了，说时迟，突然雷电交加，下起了瓢泼大雨。来势迅猛的雷阵雨！

①

唐池子给未出生女儿的信（节选）

大雨了。上了一辆出租车，司机叔叔说："可能要下雨了，但愿这雨在你到家后再下下来。"心里有点感动，这位叔叔真为我们着想啊。叔叔的车开得很稳，大概为了让宝贝你在妈妈肚子里睡得更安稳吧。天却是越来越暗了，转眼突然雷电交加，下起了瓢泼大雨，来势迅猛的雷阵雨！

临近家门口的时候，雨势分明小了很多。出租车进了小区，稳稳地在我们楼道的门口停了下来。妈妈正准备付钱，冒雨下车。离家只有一段石阶楼梯的距离，这个险妈妈必须得冒。司机叔叔说："表我打好了，你还是先等等，雨停了再下车吧。"妈妈吃了一惊，那意味着司机叔叔这段时间做不成生意，坐在车里陪着我们，谁知道这雨会下多久呢。

"那多不好意思，没关系，我小心走，还是不耽误你做生意了。"妈妈过意不去，真的很感动，但是怎么能过分要求呢。

可是，司机叔叔说："也不在乎这一时半会，你要是滑倒了，我倒过意不去了！你现在可是重点保护对象。"好一个"重点保护对象"，脑中顿时闪过呆萌萌的国宝大熊猫！妈妈笑起来，好温暖，暖流在车厢内无声流淌。窗外的雨仍在哗哗地下着，车内静悄悄的，静默，深切。你，我，还有那个善良的司机叔叔，静静的，只有哗哗的雨声。

过了好一会儿，雨势在一点点减弱，直到雨完全停下来，叔叔才放心让妈妈下车。下车时，妈妈抬腕看了手表，离下车的时间过去二十分钟了。

　　亲爱的宝贝，在你还未来到这个世界之前，已经有一个好心的叔叔，愿意在雨中为你静静等待二十分钟。告诉我的宝贝，若你说你不是踩着花朵的脚步来的，妈妈怎么会相信呢！

　　还有一次也是因为雨。那段时间妈妈坚持自己买菜做饭，这样既能锻炼身体，还能吃得更多更香。那天，依然步行去菜市场，顺便去邮局给外婆寄信，当然是告诉她我们都平安，让她勿念的内容。（做了妈妈的人会更加明白自己妈妈当年怎样的不容易）才从邮局出来，发现天已经暗了，去菜市场大概还有15分钟的路程（以妈妈平时的步速是5分钟）。为了你的安全，妈妈现在是以蜗牛的步速行进的。心里一边默默祈祷雨晚点降临，脚下踩着竭力不慌不忙的步子，往菜市场走。离菜市场大概还有三百米距离的时候，雨已经下起来。不大，雨丝乱飞，但是可以感觉一场暴风骤雨近在咫尺。许多人都在雨丝中慌慌地跑，忙乱地收捡菜摊，压着头跑进菜市场里躲避。

　　妈妈不能跑，不能逃，妈妈只能按照蜗牛的节奏，向前走。哪怕赶上大雨淋个透湿，也比重重地摔在地上好。

两者相较取其轻，为了你的安全，妈妈现在只能面对现实。

身后响起了急急的哗啦哗啦的板车声，避让着让车过去，没想到那车却在身边戛然停下。一个胡子叔叔对着妈妈喊："快上来呀，我推你过去，马上要下暴雨了！"他的声音急急的，有点粗，形势紧急下，妈妈听出这个陌生叔叔的担心和爽直。他的命令似乎不容置疑，雨打在脸上又凉又痛，大雨眼看着就要砸下来。妈妈小心地坐在那个板车上。"抓牢了！"还是那又急又粗的声音。妈妈抓牢铁手柄，板车飞快地朝菜市场驶去。刚进入菜市场屋檐的那个瞬间，真是相差百分之一秒，笔直的雨柱立刻倾泻而下。没有多一点，也没有少一点。多么幸运！

妈妈庆幸得哈哈笑起来，回头看那个陌生的胡子叔叔，那一脸汗水、雨水的胡子叔叔也在开心地笑。就在这时候，突然察觉到了这个声音又急又粗的陌生人身上的善良和纯朴，那善良和纯朴陡然在他身上产生了一种说不出来的柔情。

亲爱的宝贝，那只是这个菜市场里一个再普通不过的卖菜小贩，却用他的行为教会了妈妈很多，善良、爱、真诚……

后来，感激的妈妈一定要买一只三黄草鸡（菜市场的熟食店买的）送给他，可是，胡子叔叔无论如何也不要，他好像很害羞的样子，不过那害羞也是急急的，粗粗的。看我执意要给他，他一急，突然抓起一件蓝色的雨披往头上一套，转身就往外跑，没等我反应过来，早已消失在茫茫白雨中。

剩下一个呆呆的妈妈，捧着那只又暖又香的三黄鸡，被满心的感动浸润得无法动弹。

亲爱的宝贝，在你还未来到这个世界之前，一个陌生的胡子叔叔已经把他质朴的关切和无言的关爱，轻轻地推到你的面前，我的宝贝，若你说你不是踩着花朵的脚步来的，妈妈怎么会相信呢！

说真的，自从怀你，妈妈变成了另一个人。你在妈妈肚子里一天天长大，妈妈的肚子也一天天高起来，身体一天天变得笨重，后来甚至手脚都高高地肿起来，走路气喘吁吁，做事力不从心，晚上睡觉腰酸背痛。任何一个准妈妈都会从未有过地如此需要被保护被关怀，这是妈妈人生中最脆弱也是最柔软的时期。只要获得一点点关爱，就会感念于心，刻骨铭心。

亲爱的宝贝，妈妈只想对你说，你即临的这个世界，有黑暗有风暴，有欺骗有狡诈，有痛苦有悲伤，就像这两场突临的暴雨，这些你无以逃避必须面对；但是妈妈更想让你明白，这个世界有善意有真诚，有快乐有感动，就像这些来自陌生人的好，来自亲人朋友的爱，它们是这个世界永在的光。即使今天这个世界再不太平，来自平常人的善意和光亮，也足以让我们相信，我们生活的这个世界不是冷漠无情的荒芜旷野，而是有情有义的盎然春野。

亲爱的宝贝，为你，为自己，为这个世界的每个人，再次深深俯身感恩。妈妈想把这份默默的感动涌流于你，让尚在母胎中的你也生出一份善念、一份慈悯、一份对世界信任的免疫力。希望这份来自母体的免疫力，让日后的你更加坚强、善良、美好。

亲爱的宝贝，亲爱的乐宝贝，我踩着花朵脚步而来的小天使呀，妈妈也希望这个世界因你的脚步而清香盈动，日益美好。

祝福你，我的宝贝！

你的妈妈　唐池子

2008年8月15日晚

亲爱的女儿

娜　彧

　　亲爱的，昨天我们家买了一些花，在阳光下真的很好看，这使得我不禁想要和你聊聊许多美好的东西：比如爱情，比如友谊，比如艺术，比如美——聊到哪里算哪里吧。

　　你现在十八岁，花样年华，所以我们就聊聊爱情吧。爱情这玩意呢，因为关心因为付出因为享受因为愉悦，所以确实是美好的，这也是文学艺术永远不会结束的主题。你上次说你目前还没有打算谈恋爱，只想好好学习。不错啊，那是因为你还没有遇到令你关心、付出、享受、愉悦的男孩子，但总有一天会有那样一个男孩子。妈妈只是希望你的心智足够成熟，遇到一个真正让你开心、爱护你的男孩。当然，这种过程并不都是幸运到一两次恋爱就能遇到，所以估计也许你也会遭遇失恋、分手和被分手。这些都是特别正常的，就像你小时候某个阶段特别喜欢的玩具，在另外一个阶段碰都不愿意碰是一样的；也像你看中一双鞋子心仪了很久终于买来，但是穿了几次发现不合脚一样。人既然有一时冲动就会有后悔的权利，不要因为某些外在的缘故而让自己痛苦，无止境地迁就对方，尤其是在结婚之前。当然，每个人都有自己的毛病和缺点，反省自己也很重要。反省是七种智商里的一种，经常反省自己的人不会总是抱怨客观因素，他们会首先发现自己的问题然后改正。但这种反省大都应该是用在比较理性的地方，比如工作、学习、待人接物。爱情始终是不那么理智的，但是好的爱情会让你提升自己、让自己更加值得对方去爱，好的爱情也会让你更加爱自己。在爱情中一切都应该是美好的，所以她才会成为艺术永不过时的话题。如果爱情中有各种互相指责互相要求，那么也许就表示实际上爱情已经结束了。结束了的东西没有必要再挽留，因为没有爱，人是很难改变的，改变他人更难。

因为爱情的最终结果大概就是婚姻，所以我们也来谈谈婚姻。其实爱情比婚姻简单很多，你只需要享受爱和被爱。而婚姻中添加了很多没有爱情也能在一起的因素：责任、孩子、双方的亲人，婚姻是复杂的需要足够心智的——

为了让以后的婚姻不至于太多忍耐和不开心，所以我觉得找一个和你的价值观（容貌也很重要，但绝不能只是容貌）、你的教养、你的眼界甚至你的习惯相似的对象非常重要。这当中最重要的是价值观，性格、教养、习惯都是价值观的产物。价值观就是你认为什么是有价值的。比如：如果你认为面子是有价值的，那么你就会遵循别人的眼光去生活并不管自己的内心要求，或者说你永远不会有内心因为你永远生活在别人的评价之中。

很多人都是这样的，中国文化中值得反省的地方也在这里：忽视了活生生的人的幸福而将一些所谓的"孝顺、忠义、贞洁"放到了前面，所以你看到很多地方"重死不重生"，老人死了大操大办显示孝顺，实际上活着的时候理都不理；过去的女人如果丈夫死了，哪怕女人刚刚嫁过去也不能改嫁，因为"好女不嫁二夫"而忽视了一个活生生的花样年华的女孩一生的幸福；为了显示孝顺，中国文化里有"孝顺"，我们有"卧冰求鲤"这样的故事：说他妈妈生病需要吃鲤鱼，可是大冬天的怎么办，冰很厚，于是儿子就自己睡在冰上让冰化了捉河里的鲤鱼。如果你被这个故事感动了，那么说实话你便会很容易被那些所谓的"道理"洗脑，如果你觉得很好笑，为什么不用斧头之类的把冰破了，很简单的事情啊，这便是你有了现代理念。这种理念是建立在现代技术基础上的，也很容易被人忽悠。如果你进一步思考，为什么古代会那么想，那么恭喜你，你便有了自己的思考能力。思考能力对一个人非常重要，是你不会被人牵着鼻子走的关键。

哦，天哪，我本来想跟你谈谈爱情，然而谈了这么多，其实也不是没有关联的，你这么聪明，我觉得我只需要随便聊聊就好，你现在即便不懂，在某个时候也许你会突然想起来你妈妈的一些话，或者有用。

我从微信发给你看看我家的花儿，她们开得特别美；还有好好，这个小臭猫好像又长大了不少呢，黏人的习惯却丝毫没有改变。

健康快乐

老妈

2017年11月27日

孩子，在每个年龄
做该做的事情就很好

郏　琴

亲爱的恩政：

十三岁的你已经跟我一般高了。你像一个已经正式探入生活的独立人，开始思考很多问题。

你曾问过我人生的意义是什么？我说了很多，可是也许那一大堆话里没有一句是答案。

很明显，你的每个方面都比我要好很多。包括你对未来有设想，一直坚持自己的理想。所以，你的学习，无需父母过多操心，你已经掌控好了你目前想做好的事情。这在同龄人中算是难能可贵的。尤其是为了能让你保证足够的睡眠，我们为你选择了一间离家近但非常普通的中学。在这里，你要在同学的喧哗声中保持克制好好听讲，你也

郦琴家族照片，摄于1960年。

做到了，做得非常棒。

　　放在人生中，这是关于环境干扰的一课。就像我们一再强调的，没有尽如人意的真空生活，每个人都要在浮躁复杂的正负能量中做一个清醒而不堕入泥沼的人。

　　在不可避免的求学生涯中，你尽职尽责地做到了优秀。我和你爸爸特别期望你能学业优秀，在你感兴趣的专业领域获得乐趣。这个目标不仅是为获得一张文凭，也不仅是为获得这张文凭所付出的努力，而是在这番努力中，你找到了你来到这个世界的原因，这个原因本身能够让你快乐。

当然，人生在很多时候是沉重的。但，是否沉重也要取决于你怎么看待，怎么处理。该竞争的时候竞争，该放手的时候放手；拼的时候不遗余力，放的时候不留遗憾。关于这些，应该是我们以后要讨论的。

时至今日，我和你爸爸不曾后悔的事情就是为你保留了一个完整快乐的童年。这么多年中，我们没有让你去上过什么补习班和特长班。从你会走路会跑的那天起，你都是自由的、快乐的。尽管这让很多人觉得我们让你输在了起跑线，可是，人生那么长，我们希望你能以无忧无虑为开端迈开第一步。

该玩的时候尽情玩耍，该学习的时候好好学习，该工作的时候努力工作。该哭的时候哭，该笑的时候笑。不要顾忌别人的眼光，不要盲目顺从大多数。用自己的眼睛去观察，用耳朵去倾听世界，好好用自己的心去体会。做一个有思想、有辨别能力、会思考的独立人。

这个世界也没有什么完美，就像你经常给我讲的相对论一样，像相对静止与绝对运动一样，没有纯白纯黑，没有绝对的好坏。我不希望你是一个过于追求完美的人，当然这不意味着我们要在为人处世中失去标准。我更不希望你是一个过于爱憎分明的人，当然这也不是让你放弃该坚持的原则。

更加的，我不想让自己变成一个爱讲空乏大道理的妈妈。但是，这已经是一个失去书信的时代了，我并没有什么机会对着你长篇大论地唠叨。无论你长多大，你都是我的宝贝，尽管你已经不允许我在马路上拉你的手，禁止我亲你的额头。可是，亲爱的宝贝，无论你长多大，我总记得你刚出生时被我抱在怀里的那团柔软纤弱。

好好长大吧，等你长到一米八，我仰头看你的时候，看到的仍然是我整个人生的全世界。

愿你一切都好。

永远爱你的妈妈

2018年3月22日

一位父亲给女儿的最后一封信

邱文周

可爱的女儿：

　　爸爸和你玩过好多次捉迷藏的游戏，每次都被你一下子就找了出来。你找不到的时候，爸爸就自己走出来。不过这一次，爸爸决定藏很久很久。

　　你先不要找，等你十四岁（还要吃完十次蛋糕）的时候，再问妈咪，爸爸藏在哪里，好不好？

　　爸爸要藏这么久，你一定会想念爸爸，对不对？不过，爸爸不能随便地跑出来，不然就输了。如果你还是很想让爸爸出来，那么，爸爸就会变魔法出现。因为是魔法，不是真的出现，所以不犯规，爸爸不算输。

　　爸爸的魔法是：趁你睡觉的时候，跑到你梦里大玩游戏；在你画图画爸爸的时候，不管好不好看，你觉得是爸爸，就是爸爸；当你拿爸爸的照片看时，爸爸也在偷偷地看你……

要记得，爸爸一直都陪着你！你已经是四岁的大姊姊了。爸爸要拜托你一件事，要你照顾和孝顺爷爷奶奶和妈咪，看你是不是比爸爸做得好？你怎么做才好，妈咪会告诉你的。

爸爸猜想，我们这一次捉迷藏玩这么久，爷爷、奶奶、妈咪有时候看不到爸爸，他们一定会偷偷地哭。偷偷地哭就是犯规、就是失败。他们偷偷地哭，你就要逗他们笑，不然游戏输了以后，他们一定会哭得更厉害。

好不好，宝贝？我们来比赛看你厉害还是爸爸？

准备好了吗？比赛就要开始了！

永远疼爱你的爸爸

附 十年后女儿给爸爸的回信

爱玩的爸爸：

你好！你躲在哪里？你不是说我吃过十次蛋糕后，就可以找到我吗？

这十年来，我很听你的话，为了不犯规，害怕游戏输掉再也见不到你，我努力地照顾爷爷奶奶和妈咪，我逗他们笑。

爸爸，他们终于笑了！我赢了！游戏结束了，你该回来了吧，对吗？

原来……不对的！我期待爸爸你回来，再和我玩捉迷藏的游戏，妈妈却告诉我，我再也看不到你了，原来十年前的我就已失去了你这个爱玩的爸爸。

爸爸，十年来，每吃一次蛋糕，我对你的思念就愈加深重，对我们十年后的再会也就愈加期盼。十年思念的积累实在令我输得更为惨痛！

十年前，若你让我选择的话，我宁愿爸爸不要骗我，你该相信你的女儿吧！我会坚强，我会更努力地逗爷爷奶奶和妈咪笑。或者……你干脆骗我一辈子，和我玩一辈子的捉迷藏，只要让我拥有一辈子的你。

爸爸，十年后的后知后觉没有减轻失去你的震撼，虽然痛，但我一直在努力地走好我的人生。我不会辜负你的爱，不会辜负你和我玩十年捉迷藏的苦心。

       苦苦想念你的女儿

张大千家书

张大千

三哥赐鉴：

　　老年弟兄天各一方，不得相见，惨痛万分！月初经过香港，曾托一门生兑上美金五十元（合人民币一百廿二元）。度此信到时，此款亦当收到，外寄砂糖二公斤、花生油五公斤、花生米二公斤、红枣一公斤、肉松二公斤、云腿四罐。则云须一月半或两月方可寄到，不知去年在巴西所寄之食物收到与否。弟一人在法国，大约六月十二飞回巴西。哥回信仍寄巴西为盼。今晨弟媳由巴西转到一月廿四日（腊月初八日）哥手示，拜读再三，哭泣不已。老年手足但求同聚，不计贫苦。

　　弟之近况尚可慰，哥［弟］于万里之外，每年卖画可

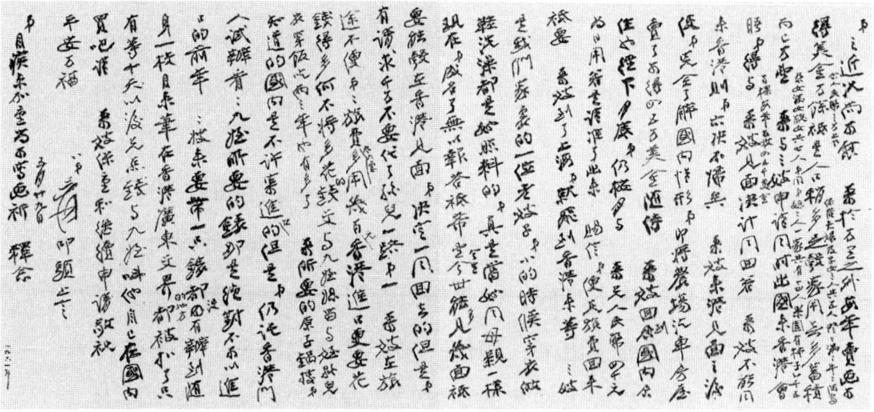

张大千家书

得美金万余（合人民币三万上下），只是人口稍多，足够家用，无多蓄积而已（保罗夫妇及子女三人共五人，澄澄、满满、牛牛、阿乌、朵女、满女、丑女共七人，弟同弟媳二人，一家共有十四人，果园有柿子一千五百棵，每年可收四五千美金）。万望哥与三嫂申请同时出国，来香港会晤，斯得与哥嫂见面，决计同回。若哥嫂不能同来香港，则弟亦决不归矣！

哥嫂来港见面之后，使弟完全了解国内情形，弟即将农场、汽车、房屋卖了可得四五万美金，随侍哥嫂回到国内居住也。从下月底，弟仍按月与哥兑人民币四十元为日用，若是请准了出来，赐信，弟便兑旅费回来。只要哥嫂到了上海，弟就飞到香港来等。三嫂是我们家里的一位老嫂子，弟小的时候，穿衣做鞋洗澡，都是她照料的，弟真是当她同母亲一样。现在弟成名了，无以报答，只希望今生今世能多见几面，只要能够在香港见面，弟决定一同回去的。但是弟有请求，千万不要带了孙儿一路，第一哥嫂在旅途不便，第二旅费太大，要多用几百元，香港进口，更要花钱得多。何不将多花的钱交与九侄媳，留与侄孙儿衣穿饭吃，两三年也有多了。

哥所要的原子锅，据弟知道的，国内是不许寄进口的，但是弟仍托香港门人试办看看。九侄所要的表，那是绝对不可以进口的，前年二嫂来，要带一只表，都没有办到，随身一枝自来〖水〗笔，在香港广东交界的地方，都没扣了。只有等十天以后，兑点钱与九侄，叫他自己在国内买吧。请哥嫂保重和继续申请。敬祝平安万福!

　　弟目疾未加重，尚可写画，祈释念。

　　　　　　　　　弟爰叩头上言　五月廿九日

冼星海写给母亲的信

冼星海

妈妈：

上海"八·一三"的炮声使整个中华民族有血气的民众觉悟了！团结了！从此以后国土四周围都布满着敌人的火焰，每一个中国人都免不掉危险。六年前的三千万流民的印象，当我还没有忘记的时候，如今又遭遇到更大的浩劫，更残忍的屠杀了。在这关头，我们每一个中华民族的国民再没有第二句话，"只有保卫国土来参加这伟大而神圣的战争！"我们不赞颂战争，可是没有战争，或许就不能发现人类的真理，没有战争，就失掉自由和独立的存在。

亲爱的妈妈，我是在上海开火后五天离开那素称安逸的上海的。沿一条弯曲的苏州河向前进。一路上也都是四处炮声，头上也都是敌机盘旋。同行十四人一样地不顾一切向前，为着踏上一条大路，竟没有顾到目前所坐的一只拖粪小船的臭味和肚里的饥饿。但，妈妈：你得明白我们并不是逃难，我们十四人都是救亡的勇士，虽然还没有实现我们预期的愿望，可是我们每一个人都明白了自己对国家应负的责任。从出发到今天已经整整四个多月了，一百多天的旅程，一百多天的过去，国土又不知沦陷多少，同胞又不知被屠杀多少？！但我们并不悲观，也许我们失去的土地会被炸成一片焦土，但到最后胜利在我们手里的时候，我们还可以收复已失的土地，更可以重建一切新的建筑、新的社会。伟大的先驱告诉我们："没有破坏便没有建设。"只有赶走了敌人才是我们唯一的出路！

现在我已到武汉了，并且不久又快去重庆。在这无一定的漂流生活，虽然也为着国家宣传救亡工作，但遇到今天晚上的漫漫的黑夜，那凄凉冰冷的四周，我好像耳边有无数的失去儿子的母亲、和失去了母亲的儿子的哀诉。那不能告诉人的，潜伏般的音乐，很沉重地打我，使我不能不又想起了我唯一的你——妈妈。我想在每一个母亲也想念着她自己的儿子出发为国宣劳的时候，或许会更恳切些吧！是的，或许会更恳切的！因此我半夜没有酣睡。但想念着国家的前途和自己应负的责任，我又好像不得不暂时

忘记你了，忘记一切留恋，但我并不是忘记了你伟大的慈
爱和过去五十多年的飘零生活，我更不是忍心地来抛弃你
去走千百万里的长程。可是我证明了我自己的责任，明了
中华民族谋自由、独立、解放的急切。我是一个音乐工作者，
我愿意担起音乐在抗战中伟大的任务，希望着用洪亮的歌
声震动那被压迫的民族，慰藉那负伤的英勇战士，团结起
那一切苦难的人们。但，妈妈，我常感到自己能力的薄弱
和自己实际生活的缺乏，虽然有时站立在整千整万的民众
面前，领导着他们高歌，但有时我总有战栗，因为我往往
不能克服自己的情绪又想到遥远的妈妈了！可是当我每到
一个地方的时候我都被那民众歌咏的情感克服，令我不特
忘记了自己，忘记了你，而且又更加紧我的工作。和他们
更接近，更使我感觉自己的情绪已移向到民众了。我不时
都在妈妈面前说过，我不是一个自私自利、自高自大的音
乐家，我要做个生在社会当中的一个救亡伙伴，而且永远
的要从社会的底层学习。过去二十多年的流浪生活，就告
诉我实际生活的经验是超越了学校的功课的。我常常感到
民众的力量最伟大，民众对音乐的需要，尤其在战时，那
使我不能不忍痛地离开你而站立在民众当中。他们热烈地
爱着我，而我也爱护他们。

　　自我离开上海后，妈妈必定感到很寂寞，因为并没有

亲近的人在你身旁，连可靠的亲友也逃避到香港去了。但我很希望妈妈放心，这次抗战必定得到胜利的，只要能长期抵抗下去。但在英勇的抗战当中，我们得要忍耐，把最伟大的爱来贡献国家，把最宝贵的时光和精神都要花在民族的斗争里！然后国家才能战胜。所以在争取民族解放的国家当中，我们更需要伟大的母性的爱来培养许许多多的爱国男儿——上前线去，或在后方担任工作。这样才能够发展每个人对国家的爱。妈妈！我更有一件事情可以安慰你的，就是现在我已经开始写《中国兵》了。这作品是继《民族交响乐》之后的，是纯用音乐来描写中国士兵抗战的英勇，保卫国土的决心。那伟大士兵的抗战精神，已打动每一个父母的心。在《中国兵》作品当中，我们可以听每一个不怕死的士兵向前冲。每一个做妈妈的都能够忍痛地抛弃私爱来贡献她们唯一的儿子出征。《中国兵》的写作就是根据爱的立场，偏重爱民族的伟大任务。我也曾和伤兵们谈话，我也听过很多士兵冲锋和游击军的故事。可是我也得亲历其境，并且要参加作战，才能更明了《中国兵》的伟大。我除写作之外，我还想走遍各后方歌咏宣传运动。

在武汉七天后，我们预备去重庆各处担任后方宣传工作。我想在这长程的旅途中，我可以受很多社会的启示，得许多作曲的材料。我虽然时常地要想起妈妈，但理智会克制我，而且我自己知道在这动乱的大时代里，没有一个被侵略的人民不是存着至死不屈的精神。如果将来中国打胜仗以后，那一切的母亲们和儿子们都能有团叙的一天。国家如果被敌人亡了的话，即使侥幸保存性命，但在偷生怕死的生活中和不纯洁的灵魂的痛苦，比一切肉体的痛苦更甚了。为着中华民族的生存，我希望一切的母亲们和儿子们都勇敢地向前，中华民族解放的胜利，就是要每一个国民贡献他们的纯洁的爱国心，同心合力在民族斗争里产生一个新中国。

别了，亲爱的妈妈，没有祖国的孩子是耻辱的，祖国的孩子们正在争取让那青春的战斗的力量支持那有数千年文化的祖国。我们在祖国养育之下正如在母胎哺养下一样恩赐，为着要生存，我们就得一起努力，去保卫那比自己母亲更伟大的祖国。

妈妈，看了这封信以后，我想，在您的皱纹的脸上也许会漾出一丝安慰的微笑吧。再见了，孩子在征途中永远祝福着您！

星海

一九三七年十二月三十一日

有你们，中国是不会亡的

萧　红

可弟[1]：

　　小战士，你也做了战士了，这是我想不到的。

　　世事恍恍惚惚地就过了，记得这十年中只有那么一个短促的时间是与你相处的，那时间短到如何程度，现在想起就像连你的面孔还没有来得及记住，而你就去了。

　　记得当我们都是小孩子的时候，当我离开家的时候，那一天的早晨，你还在大门外和一群孩子玩着，那时你才是十三四岁的孩子，你什么也不懂，你看着我离开家向南大道上奔去，向着那白银似的满铺着雪的无边的大地奔去。

---

　　〔1〕　可弟：萧红称弟弟张秀珂。

你连招呼都不招呼，你恋着玩，对于我的出走，你连看我也不看。

而事隔六七年，你也就长大了，有时写信给我，因为我的漂流不定，信有时收到，有时收不到，但在收到信中我读了之后，竟看不见你，不是因为那信不是你写的，而是在那信里边你所说的话，都不像是你说的。这个不怪你，都只怪我的记忆力顽强，我就总记着，那顽皮的孩子是你，会写了这样的信的，会说了这样的话的，哪能够是你。比方说——生活在这边，前途是没有希望，等等。

而后你追到我最先住的那地方，去找我，看门的人说，我已不在了。

而后婉转的你又来了信，说为着我在那地方，才转学也到那地方来念书。可是你扑空了，我已经从海上走了。

可弟，我们都是自幼没有见过海的孩子，可是要沿着海往南下去了，海是生疏的，我们怕，但是也就上了海船，漂漂荡荡的，前边没有什么一定的目的的，也就往前走了。

那时到海上来的，还没有你们，而我是最初的。我想起来一个笑话，我们小的时候，祖父常讲给我们听，我们本是山东人，我们的曾祖，担着担子逃荒到关东的。而我们又将是那个未来的曾祖了，我们的后代也许会在那里说着，从前他们也有一个曾祖，坐着渔船，逃到南方的。

我来到南方，你就不再有信来。一年多又不知道你那方面的情形了。

　　不知多久，忽然又有信来，是来自东京的，说你是在那边念书了。恰巧那年我也要到东京去看看。立刻我写了一封信给你，你说暑假要回家的，我写信问你，是不是想看看我，我大概七月下旬可到。

　　我想这一次可以看到你了。这是多么出奇的一个奇遇。因为想也想不到，会在这样一个地方相遇的。

　　我一到东京就写信给你，你住的是神田町，多少多少番。本来你那地方是很近的，我可以请朋友带了我去找你。但是因为我们已经不是一个国度的人了，姐姐是另一国的人，弟弟又是另一国的人。直接地找你，怕于你有什么不便。信写去了，约的是第三天的下午六点在某某饭馆等我。

　　那天，我特别穿了一件红衣裳，使你很容易地可以看见我。我五点钟就等在那里，因为我在猜想，你如果来，你一定要早来的。我想你看到了我，你多么喜欢。而我也想到了，假如到了六点钟不来，那大概就是已经不在了。

　　一直到了六点钟没有人来，我又多等了一刻钟，我又多等了半点钟，我想或者你有事情会来晚了的。到最后的几分钟，竟想到，大概你来过了，或者已经不认识我，因为始终看不见你，第二天，我想还是到你住的地方看一趟，

坐在鲁迅家门前的萧红

你那小房是很小的。有一个老婆婆，穿着灰色大袖子衣裳，她说你已经在月初走了，离开了东京了，但你那房子里还下着竹帘子呢。帘子里头静悄悄的，好像你在里边睡午觉的。

半年之后，我还没有回上海，不知怎么的，你又来了信，这信是来自上海的，说你已经到了上海，是到上海找我的。

我想这可糟了，又来了一个小吉卜西。

这流浪的生活，怕你过不惯，也怕你受不住。

但你说，"你可以过得惯，为什么我过不惯。"

于是你就在上海住下来。

等我一回到上海，你每天到我的住处来，有时我不在家，你就在楼廊等着，你就睡在楼廊的椅子上，我看见了你的黑黑的人影，我的心里充满了慌乱。我想这些流浪的年轻人，都将流浪到哪里去，常常在街上碰到你们的一伙，你们都是年轻的，都是北方的粗直的青年。内心充满了力量，你们是被逼着来到这人地生疏的地方，你们都怀着万分的勇敢，只有向前，没有回头。但是你们都充满了饥饿，所以每天到处找工作。你们是可怕的一群，在街上落叶似的被秋风卷着，寒冷来的时候，只有弯着腰，抱着膀，打着寒战。肚里饿着的时候，我猜得到，你们彼此的乱跑，

一封家书　　**119**

到处看看，谁有可吃的东西。

在这种情形之下，从家跑来的人，还是一天一天的增加，这自然都说是以往，而并非是现在。现在我们已经抗战四年了。在世界上还有谁不知我们中国的英勇，自然而今你们都是战士了。

不过在那时候，因此我就有许多不安。我想将来你到什么地方去，并且做什么？

那时你不知我心里的忧郁，你总是早上来笑着，晚上来笑着。似乎不知道为什么你已经得到了无限的安慰了。似乎是你所存在的地方，已经绝对的安然了，进到我屋子来，看到可吃的就吃，看到书就翻，累了，躺在床上就休息。

你那种傻里傻气的样子，我看了，有的时候，觉得讨厌，有的时候也觉得喜欢，虽是欢喜了，但还是心口不一地说："快起来，看这么懒。"

不多时就"七七"事变，很快你就决定了，到西北去，做抗日军去。

你走的那天晚上，满天都是星，就像幼年我们在黄瓜架下捉着虫子的那样的夜，那样黑黑的夜，那样飞着萤虫的夜。

你走了，你的眼睛不大看我，我也没有同你讲什么话。我送你到了台阶上，到了院里，你就走了。那时我心里不知道想什么，不知道愿意让你走，还是不愿意。只觉得恍恍惚惚的，把过去的许多年的生活都翻了一个新，事事都显得特别真切，又显得特别模糊，真所谓有如梦寐了。

可弟，你从小就苍白，不健康，而今虽然长得很高了，仍旧是苍白不健康，看你的读书、行路，一切都是勉强支持。精神是好的，体力是坏的，我很怕你走到别的地方去，支持不住，可是我又不能劝你回家，因为你的心里充满了诱惑，你的眼里充满了禁果。

恰巧在抗战不久，我也到山西去，有人告诉我你在洪洞的前线，离着我很近，我转给你一封信，我想没有两天就可以看到你了。那时我心里可开心极了，因为我看到不少和你那样年轻的孩子们，他们快乐而活泼，他们跑着跑着，当工作的时候嘴里唱着歌。这一群快乐的小战士，胜利一定属于你们的，你们也拿枪，你们也担水，中国有你们，中国是不会亡的。因为我的心里充满了微笑。虽然我给你的信，你没有收到，我也没能看见你，但我不知为什么竟很放心，就像见到了你的一样。因为你也是他们之中的一个，于是我就把你忘了。

但是从那以后，你的音信一点也没有的。而至今已经四年了，你到底没有信来。

我本来不常想你，不过现在想起你来了，你为什么不来信。

　　于是我想，这都是我的不好，我在前边引诱了你。

　　今天又快到"九一八"了，写了以上这些，以遣胸中的忧闷。

　　愿你在远方快乐和健康。

萧红

1941年9月20日

不幸我是个女孩，更不幸是个演戏的

袁雪芬

爸爸：

您说会回来的，怎么一去好几年，到现在连音讯都没有，您在异乡客地一切都好吗？家里祖母、妈妈、叔叔、妹妹都跟我记挂着您。

爸！我记得您出门那年，我正在"沦陷"的"孤岛"演戏。那时候交通断绝，骨肉远隔，那天接着来信，爸说"要出国"去了，叫我回家"送行"。我虽然吐血病着，恨不得一步就到了家，看看五年不见的爸爸。唉！可是那时节不由你心急，手续真麻烦，要打通行证，还要市民证，再要旅行证、回乡证……带了许多证还不能安全，我同保香姐姐走的是小路，受尽了惊吓，总算回到了别离五年的家。一看见爸妈，纵有千言万语，也都变成了眼泪。爸与我边哭边说："去年本当预备到'阴国'去，谁知道想尽办法打电报给你，听说路上很危险，你又不能回来。唉！这是战争害我们的，不知几时才能太平？所以我一直等着，今天你真的回来了，总算被我等到了。"一家人团聚几天，我就要动身走了，心里虽有许多话要跟爸说，在悲欢之中又无从说起。

我问爸爸："我从上海回来路上困难重重，假如您要'出国'去，不知要怎么样呢？"爸说："我去的地方是真正和平区，没有战争，不要吃户口米，是最安全的地方，什么证也不要。"我听了很奇怪，有这样的好地方？为什么爸一个人去，不带我去呢？您不说原因只对我笑。

过了几天，爸！您就"动身"去了，您说会回来的，会写信给我的，可是直到现在怎么一点消息也没有？爸！您出门后不多几日，祖父因您单身出门不放心，他也找您"去"了，他老人家也在您那里吗？好吗？我们都很牵记着。

爸！您出门的当年我就回到上海演戏了，这时候我跳出了科班，另组剧团。"新越剧"就在那时诞生：分幕、装置、灯光、化装、服装等新的方式都在这时候渗入我们的演出。起初演员们不习惯学戏排戏，似乎这是多此一举。观众倒是接受了，可是同行不赞成新的，喜欢保守旧的，用种种不同的方式向我们袭击。虽然给我们很多阻碍，我们还是低着头工作。这样一年半，一切都在进步中。

同时，我自己肺病里的细菌，从左肺进展到右肺，这也算进步了吧。妈天天哭着要我回乡休养几个月再说，那是民国卅三年（1944）三月间，我的身体实在不能支持，只得跟随妈回乡。我想，祖父是有肺病的，爸也有肺病的，这份"传家之宝"一定要传给我，我也只好照单全收。爸！您与祖父在"阴国"医院里养病，要多少钱一天？肺病特效药有吗？我相信你们那儿住的地方一定很舒服，药也便宜，不会有什么黑市，不会闹房荒，要不然你们应该早就逃回来了。

爸！我在乡下，医生药都没有，只好每天晒晒太阳，在菜园里拔拔青草，看看成群蚂蚁搬家。乡下空气虽好，可惜环境太恶。有许多人仗着日本人的势力，凶狠强横，忘记了自己还是中国人，专门欺侮国人，常常借了名义来强迫我演戏。那时节我的病非但不能轻，反而加重了许多。想想这边，是那边好，到了那边，还是这边好，真是到处一样，我只好再到上海。各方面又来接洽登台，一答应登台，根本没有工夫医病了。爸！您会骂我太大意吗？爸！这不是我的消极，我想用积极办法医治，我过去不喜欢与人谈笑，我现在学会说说笑笑，这样是有益于健康的。爸！您相信这句话吗？真的！这十二年来我已尝遍了甜、酸、苦、辣的滋味。

爸！这世界不允许有灵魂的人。假使你自身清白，站在自己岗位上挣扎，人家会说你固执、骄傲。唉！自然会有各种麻烦来找你。爸！不幸我是个女孩，更不幸是个演戏的，只要你是个女演员，他们对付你的方式更多。在中国演戏的不是艺术家，每一个人都知道叫"戏子"。没有保障的"戏子"，谁都可以来欺侮你，甚至造了种种谣言来攻击你。你若开开口，就做几本书写几篇莫名其妙的文章来破坏你。你若不开口，看的人还以为你是真的默认了。你若再开口，就会把你打入深渊大海，永世不得翻身。

爸！人说："聪敏遭天忌。"我既不聪敏为什么也有人忌？爸！胜利已有二年了！说民主，什么叫民主？自由，自由在哪里？黑暗，还是黑暗！爸，这两年我要是不乐观，早被一群杀人不用刀的杀死了！爸，我常常想，一旦能见到爸，让我痛痛快快地哭诉一场！可是我现在到哪里去哭诉呢？我不想哭！哭有什么用呢？我不是小孩，我有的是理智。爸！我的性格比从前坚强得多了，这是时代给我的转变，是这个社会给我的磨炼。的确，我得着的，您应该高兴，我损失的，您也不要难过，每一桩事都要有收获，一定有损失的。

爸！我现在休息着，看看各种戏，再学一点不懂的东西，也可以增加见识。我们的"新越剧"现在是怎么样了呢？成功了吗？不！没有。爸！等到成功的日子我再写信告诉您。

爸，我再告诉您一个您喜欢听的消息，我的身体比以前好多了，最近牛奶我也吃了。至于您与祖父的近况怎么样，我真不知道怎样才可以知道呢？只有遥祝平安！

您的儿雪芬上

1947年5月24日

美人娘

吴　霜

又是一年春草绿，又是一年春雨滴。

草长莺飞的季节，使我想起，1998 年的这个季节，我亲爱的母亲猝然远去。那一年的初春雨水浓，天公淅淅沥沥不断地流泪，母亲那颗优美的灵魂在如泪般的烟雨朦胧中回归天堂。

我越来越坚信，我的母亲新凤霞是一个圣女，造物者将她如种子一般撒向人间，意欲要她开花要她结果，要她传递人生中最美好的信息。这正是在母亲离去时众多亲朋挚友滂沱的泪河当中，我是流泪最少的人的原因，感谢美好不该用眼泪，而应该用微笑。

母亲真美。她年轻时候的朋友对我说，出身贫穷的母

新凤霞二十五岁时（1950年）

亲是一朵塘中莲花。不在乎她用面粉袋改做的衣服如何粗
糙，不在乎粗布上自染的颜色如何层次不一，走在任何地
方她都是引人注意的目标。她美丽的脸庞上有弯弯高挑的
眉，深邃多情的眼，笔直玲珑的鼻，线条清晰微微翘起的
嘴。她完美的身上找不到缺欠，美丽原来就是这样，天地
的灵秀独独钟情于一人。

　　一条清丽柔和、纯净如涓涓泉水般的嗓子注定了母亲

的演唱生涯。她从六岁起迷上了舞台，不顾父母的阻拦，利用各种机会寻求登台表演的条件。幼年的母亲是天津街头拾煤渣的穷苦孩子当中的一个，然而她懂得在帮助劳累一天的父母后，跑老远的路到刚刚开锣的戏园子里去看戏。花花绿绿的舞台上有千变万化、色彩绚烂的歌唱和舞蹈，生、旦、净、末，唱、作、念、打，道不尽的神奇，说不完的魅力。一次一次的争取，一次一次的努力，父母不忍让女儿到戏班子里挨打受骂，但却挡不住女孩子心中的自然之力。她学京剧、学昆曲、学大鼓、学梆子、学评戏，她看过无数演员的表演，没上过学不认字的她能够单凭记忆，录下做一名杰出演员所需要的一切信息。

十五岁的母亲担纲主演，是由于主角临时缺席所至。早已将戏文牢记心中的母亲临时顶替主角上场，结果却是见惯了名角的观众们发现了一枝空谷幽兰、一朵出水芙蓉。

母亲曾对我说，她之所以做演员是因为爱戏，她太迷恋舞台了，除了演戏，她不知道还能做什么？新生的共和国为母亲的戏剧创作展开了前所未有的广阔天地，在这个舞台上，她创造了多少让一代又一代观众刻骨铭心的形象啊！五十年代的"刘巧儿""杨三姐"、六十年代的"张五可""银屏公主""春香""珠玛""祥林嫂"……无数的观众热爱她、崇拜她，我小时候曾见到剧院的工作人员提来观众寄给母亲的信件，足有几大麻袋，打开口袋，哗啦啦散落一地。

我想过，那样多的人喜爱母亲出于一个最自然、淳朴的原因，因为母亲的美丽。

我总觉得，成了她专行里的一派宗师以后，母亲心里一直有一种危机感。母亲年纪很轻的时候在她的艺术门类当中便成了众望所归的开山人物，这种辉煌是她没有预料到的。患病之后，母亲的业余时间多起来，她开始努力地用各种办法寻找她过去的朋友，并且在她的回忆录中怀念那些人和事。许多老友因而又回到她身边，和她恢复了来往，这给母亲带来了巨大的快乐。她帮助他们，无论有什么事，只要能帮上忙，她便不遗余力。有时我觉得她简直热情得过了火，她却告诉我，妈妈这么多年变成"名人"，而骨子里仍然是原来的那个小凤子。妈妈年纪大了才觉得，人与人的感情才是最重要的，我得到的比付出的多出很多。

母亲的美丽，从内至外。

常州，是母亲最终选择飞向天堂的地方。那是一片同样美丽的土地，是一九九八年的初春，北方还寒风凛冽，常州已是桃花初绽，春雨绵绵了。母亲走前，高兴地对我说："这可是我头一次去常州，我要给那里的朋友多画几张画。"常州是父亲的故乡、水土丰润的鱼米之乡，母亲一生没有去过，却在最后的时刻拥抱、亲吻并将魂灵永远留在了那里。母亲实在是独特的，她的离去也显得那样美，那样温柔，有情有义。

古人有言："不失其所者久，死而不亡者寿。"记得我的一位姨表姐，从不称呼母亲为"姨"，而叫她"美人娘"。很小的时候，我就听这个称呼，觉得奇妙而好听，母亲在的时候听到这个称呼总会微笑。母亲不在了，这个称呼越显得那样贴切而美好。

让我也这样叫一声吧：你是我永远的骄傲，妈妈，美人娘。

一九九九年四月　北京

对于文学，我从小就比较爱好

裘山山

爸爸妈妈，您们好！

　　妈妈的来信和寄来的数学竞赛题收到了，我想爸爸妈妈十四日离开北京，今天应该到了，可能路上累了不能马上给我写信，因此再写一封吧！

　　这两天我在营里参加干部学习班，作为报道员参加的，一共是四天，各连干部都来了，就我一个战士，还有那个新闻干事汤英以及总站派来的一个干事，我们要写一篇报道。我们连今年稿子上得不多，教导员着急了，老抽我出来写，可也解决不了问题，我新闻稿件一篇也没上，就上了一篇散文和一首诗歌。可能我不适应写新闻报道吧？我都有点儿丧失信心了。昨天教导员跟我说，新闻报道不行就写文艺作品，反正今年任务一定要完成。看教导员着急以及信任，我觉得不好好写也不行了，同时还感到明年想走是不太可能的，我听别人说，教导员最喜欢会写的，他说，有这个才能的都留下。所以我们连文书都25岁了，他还不放她走，真有意思。我们营还有一篇上中央报刊的任务，教导员似乎把希望寄托在我身上，我感到很有压力，不过有压力也好，因为这个原因，所以我对我今后究竟干什么安不下心来，昨天给姐姐写信时也谈了这个问题。我有时候做数学题，做着做着就开了小差，想：学了干什么呢？能用上吗？如果说上大学，一是回不去怎么办？二是回去了考不上怎么办？但我又喜欢数学（物理、化学都不喜欢），而且特别喜欢，但我那天看了北京的数学竞赛题，许多地方弄不懂，我就想，人家中学生都会做，我还不会。要达到人家那个要求还得下工夫，更不要说搞专业了。我知道妈妈希望我象［像］爸爸那样搞工科，我自己也希望能够成为对国家有切实贡献的人。每次听到我国科学水平不如外国时，就恨不能立即走上科学研究的岗位，但细一想，又觉得离自己很遥远。对于文学，我从小就比较爱好，只是因为妈妈不太赞成，因此不太重视。但可能是因为遗传性吧？怎么丢也丢不掉，总是很喜欢。特别是那天，《解放军文艺》社来函说，准备刊用我的一篇散文《灯下》，我更动心了，总觉得自己在这方面发展的可能性大些。他们来调查我的政治情况（这是当时必需的政审），后来我们副指导员打电话告诉他们时，那位编辑鼓励我今后多写些。（不过现在还不一定用，还要开全社会研究决定，如果用，就是六月份那期的。）所以我想以后是留队干这一行（指提干），还是复员上学？我实在拿不定主意，请爸爸妈妈做主吧！如果爸爸妈妈认为还是上学好，那我就一定争取回家，并尽最大努力去考大学，尽最大努力学好，将来既〔即〕使不行也不后悔。因为定不下心来，所以学习起来东抓一下西抓一下，不知该以哪个为主。不过大家都认为我爱学习，上次"五四"青年节，团支部还叫我介绍了自己既学好业务，又完成通讯报道任务，还学其他文化知识的所谓经验，并且受到了总政的通报表扬（当然不止我一个，我们连六七个）。分队有些同志对我盲目佩服，也有的盲目嫉妒，其实我知道自己实在是没"水"的，论啥没啥，那天别人提一个问题，我国近代史上第一个不平等的条约是什么，虽然没问我，但我很心慌，因为不知道。回来看书才晓得。平时这些历史书都看过，就是记不住，看了就忘。所以我觉得自己太差劲儿了，不学习不行。连里的学习空气浓了起来，战士们都自觉地学，分队领导比较支持，连里好像不太支持，怕战士们钻进数理化丢了业务，夜校说

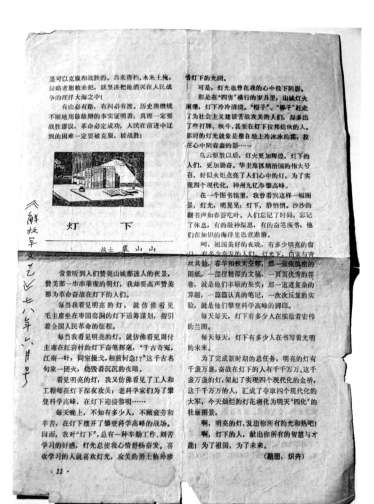

这是我发表的第二篇作品。因为上了《解放军文艺》，成了我们部队的"名人"。我寄了一份给父母。左侧的小字，是父亲写的。

办至今没办。我们这有个战士，跟我一年的兵，她爸爸特别希望她会写，经常给她寄学习材料，有一次她把她的一个本子寄回去给她爸看，里面抄了我的那篇"女战士"，她爸以为是她写的，高兴得不得了，夸她进步大，表扬她爱学习，她把信给我看了，真有意思。她说她没有告诉她爸不是她写的，怕她爸失望，决心好好学习，争取以后写好。因为开会，大家都在干自己，我不知不觉写了这么多，不对的地方请爸爸妈妈指出。

　　徐伯伯不知什么时候来？我很盼望，既［即］使不带东西我也盼他来，因为他也是一个比较亲近的人，代表爸爸妈妈来看我呀！我们还是四年探家，从七八年的兵开始六年探家，这剩下的三年也不好过，也许会很快地晃过去。

您们的女儿：山山

〔1978年〕5月16日下午

一封家书

张 兵

姐姐：

你好。现给你寄去我俩小时的照片。那是1965年照的，快40年了。我把它送给姐姐，作为你即将通过博士论文的小礼物吧！

这张照片是咱爸前不久清理家中旧物时找出的。看到这张照片，逗得淘淘（我15岁的儿子）纵声大笑："哈哈……爸爸，你那时多么难看呀！看你这头发……哎哟，笑死人啦！"丽萍（我的妻子）也嗔怪说："丑八怪！知道你小时这个傻样儿，我可不嫁给你！"

据咱爸回忆，我们都诞生在"大跃进"的年代里。爸在部队，妈在地方当干部，热火朝天的"赶英超美"，无法照顾我俩，将两岁的你和一岁的我送到辽西农村姥姥家，在那片长满大豆、高粱的热土上，我们同田野里的小马驹儿、小牛犊儿一块长大了。这一待就待到上小学才回到城市。

你还记得吧？那时，我在姥姥家辈最低，但地位"最高"。天老大地老二我老三，谁也不敢惹城里来的"小祖宗"。记得铁锅里贴着的一圈玉米饼子里，偶尔有两个白面饼，只给姐姐和我吃。病中的姥爷笑着对我说："来呀，小伙子（姥爷称几岁的我为小伙子，深深印在我的记忆中），让姥爷给你咬个月牙儿！"待会儿，姥爷又说："把饼拿来，姥爷给你咬个钢叉儿！"如今，一辈子面朝黄土背朝天的姥爷姥姥都先后故去了，安眠在故乡的土地上。我带着长到1.83米的儿子回到故乡，北河洼里的水越来越少，屯里的房子占地越来越多，亲戚朋友则越走越远。梁上的燕子哪儿去了？村外的野兔哪儿去了？我童年香甜的梦哪儿去了？

据咱妈讲，我小时头发很浓很硬，"毛儿总是站着"（直立），妈给我洗小脸时总用手蘸点水，一遍一遍抹我的头发，让头发"老实"一会儿，照片上的"小盖儿头"打绺儿，想是又抹过水了吧！岁月不居，我过早地谢顶了，"小盖儿头"固不美，但至少证明，本人小时是"一头秀发"呵！

"眼睛是心灵之窗"，这是句用滥了又不知是谁的名

摄于1965年

言。照片上我眼睛惊惧地看着摄影机，而你却从容得多，甚至满脸不屑。唉！姐姐从小有主意有出息，爸妈没少夸你，你的性格，凡事争先恐后，上小学最先系上红领巾，最先挂上"二道杠"（少先队中队长），六年级就加入共青团；中学时居然担当过"红卫兵团政委"（我姐"文革"没造反，此时已1972年）。而我此时只不过是你"麾下"的一名"红卫兵"。1974年以后"上山下乡"，我俩都去辽宁义县插队，我挥汗如雨耕种在大田里，你却是公社宣传报道员，神气活现地骑着自行车奔驰在广阔天地里。1977年国家恢复高考后，你一举金榜高中，考上辽宁大学，成为我张家第一名正牌大学生（为妹妹带了一个好头儿）。我却名落孙山，勉勉强强上个技校（与你校仅一墙之隔）。你毕业后工作之余继续学习，如今博士在读，相夫教子重重负担却壮志不移。而我由于"老天青眼相顾"，凭着一个不错的单位不低的职务不薄的薪水（东北水平）过着不穷不富的日子，闲暇读几首诗画几幅画写几个字而已。

姐姐，你说我俩之间差什么？你是长女，我是长子，你是姐姐，我是弟弟，你当仁不让，总站在时代前面，敢弄潮，敢冲浪，抓住机遇，百折不回，像个男孩儿。我则凡事瞻前顾后，见硬就回，不操心不想事，甘当一个旁观者和追随者，你实干勤勉，不达目标不罢休；我爱清谈，嘴壮心怯，做事不成皆怨命。你总是接受命运的挑战，在自己的领域里不断攀登新高度；而我是"样样通，样样松"，学无专攻万金油，享着计划经济的最后"余荫"，马勺上的苍蝇混饭吃。唉！你属猴，一个智慧神奇的猴。一岁之差，居然差得如此遥远。公平地讲，我不是很无能，是姐姐太优秀。

　　姐姐，夜深了，就此搁笔。

　　请代我问姐夫好。潇潇（我的外甥女）学习好吧？别惦记爸和妈，有我和丽萍照顾。你邮来的钱收到了，丽萍很感谢，她的风湿病已好转，切不可再寄！见到小颖（我妹妹）叫她寄一张照片给我。

　　祝

　　冬安

　　　　　　　　　　　　　　　　　　　弟弟

给父母补寄的一封信

冯　杰

爸妈：

你们在那个地方好吧。

骤然一想，我今生竟没有给父亲、母亲写过一封信，哪怕片言只语，真是我永远弥补不了的遗憾和伤痛。从少年到青年时光里，我没有外出上学负笈远方的机会，一直在一个小地方和父母生活，娶妻，生子，盖房，谋生，过世俗平常的生活，即使有些波澜也改变不了固定轨迹，小地方似乎有"父母在不远游"的观念，还有对父母不习惯的抒情言说。父亲不是傅雷，也没给我写过家书，有话就直说。

我年轻时总以为什么都会永恒，譬如青春永恒，文学永恒，爱情永恒，时间永恒，你们和我在一起永恒。相信明天，觉得有无尽的未来，这些理想都像日历一样，子丑寅卯，撕完一本还会有下一本重来。

当这些被自己不知不觉挥霍完时，才知道都是"流水今日，明月前身"一样的幻影，皆梦幻一般色空，让人觉得亲情里有一种无可奈何。

我小时候爸爸多是教训我，妈妈更多是护着我。等我当了父亲之后，知道天下父母都在望子成龙，无非是在期望里多了失望，或期望里得到期望，最终依然觉得现实离理想还有多多少少的距离。

在世俗生活里，父母奔波一生，无非想为孩子张罗一些或多或少的物质，看得见的实用现实，只是父母的能力大小不同而已，爹妈心思都是一样的。不同的是伟大的父母想传承下来某一些精神，平凡的父母只想把下月的房贷能够如期还上。

天下父母对待孩子没有异心，是打是骂，多是恨铁不成钢的心情。天下只有坑爹妈的儿子，没有坑儿子的爹妈。你们把这个家当作了在风雨中搭的一方鸟巢，不停地衔着一枝一叶。已是以唾液筑巢了，最后鸟巢还残缺不圆满。

想起十七年前我最后送别父亲时，在就要合封的棺椁里，我在一个小本子上面给你写过话："爸爸，保佑妈妈和我们。"哀伤未定，仅仅四年过后，我又失去了母亲。父亲和母亲在天堂相会了，我却永远失去了爸爸妈妈，再去叫这些称呼永不再有回音。

我想所谓天堂，该是一个没有烦恼的地方，在那里你们不再惦记世间琐事。这样也好，不正是无数儿女期望的吗？想一想，我所缺少的是世俗里说的信仰，接受的教育观和现实让我在信仰领域留有更多空白，一直填不下支撑灵魂的东西。

我知道，所谓来生，没有；所谓现世，短暂。世上没有永恒，爱情、亲情、友情终生不变的，像你们生前在家里腌制的咸菜一样，是要在一定保鲜期才存在。可讴歌，可憧憬。一生能有这一段保鲜期，和你们共度一段时光，缘聚缘散。情感一向是得陇望蜀，父母活得再长寿，儿女也觉短暂。

感谢你们教会我简朴、容忍、包容、慈悲、节约、自立、耿介，靠自己吃饭，生在平常人家该如何对付过平常日子。苦瓜再苦，也得吃下去，因为它是生活里的一道躲不过去的日常菜。

这是一封迟到之函，是多年后你们不在人间时一封永远无法抵达的信。这些文字无岸可靠。也许以后社会里没人为常态应用再去写信了，那时写信会成为一种行为艺术，一种奢侈行为，成为另一种非物质文化遗产，社会早不需要雪夜访戴的慢了，孩子只管把消费卡号发给父母即可。世上实用主义的快速打败了人间亲情。

在这封信最后，我不说感谢你们的话了，因为今生今世是感谢不尽的。你们给我血肉，给我灵魂，给我精神，给我态度，即使远在天堂了还是我的爸妈，我们以后还要重新缘聚。

儿子

在2018年柳絮又飘的春天里

世事皆可原谅

青　青

　　妈妈，谷雨前回了一趟老家，看到你，突然觉得你矮了许多。我要和你合影，你不让，你说："人老了，太难看了，丑得很，不要照。"春节时给了你五千元，这次我又给你带了钱。你推了一下我的手，不太坚决。钱已经落在你口袋里了，你按了按，脸上有瞬间的笑意。我知道你需要钱。接着给我讲你买的速效救心丸多少钱，哮喘灵多少钱，你从一个纸盒子里提了一个大包过来让我看，那些白色或者红色的药片，那些各式各样的纸盒子，散发着浓郁的呛人的药味。你看了我一眼，脸上有孩子一样可怜的神情。

　　回郑州，车刚刚到平顶山，你就打一电话，问我到了哪里，记得吃午饭。这样琐碎的牵挂于我是陌生的。我记得你在我面前总是牵挂着大哥的膝盖。记得几年前一次回故乡过中秋。一家人热闹地坐在一起吃团圆饭，走出门来月亮已经升到了中天，金星亮晶晶地陪在旁边，底下是蓝得如黑宝石一样的天空。月光灌了一地，脚下的路在月光里变得凹凸不平，踩在低处的时候，老是疑心踩进水里，有一种失脚的恐惧感。我们一高一低地走着，你要拉我的手，我迟疑了半天，对你的身体接触是排斥的。要过马路了，路上的车灯一闪一闪，你拉住我，你的手型其实和我长得差不多，也是又温又厚，胖胖的，但这样相似的手，几十年里，没有拉过几次。从你把我送给舅舅家那天，我就开始恨着你，也爱着你。

你却仍然在关心哥哥的腿，向我絮絮叨叨地说哥哥的腿如何痛，如何无法睡眠。我有点妒嫉，一句话也不接，冷了场。月光如水一样在我与你之间晃着，一种冰冷的液体从心里弥漫上升，我借故鞋子卡住，丢下你，手上还有你的体温，心里一阵别扭。其实一直都在渴望得到来自你那里的爱，但总也得不到，或者得不到想象中的爱。每次相见的结果是我总要伤心一番。伤心的结果就是不给你打电话，你会让人捎信来说你想我。我听后心里又是冰冷，又是温暖，又得伤感一阵子。

我天性敏感，又独立自持。这与你从小把我过继给你二弟有关。你多次给我讲述舅舅与舅妈把我从谷社寨抱走的场景，一遍又一遍，不厌其烦。我明白你的本意，你是通过细节告诉我，你并不是主动把我送人，而是娘家弟弟强要抱走，你也是无奈。你每次开始叙述前都用手绢擦擦眼睛：那是秋天，你穿着红肚兜，他们骑着自行车，来了也不吃饭，抱起你就走，我赶到院子外的水井边，说真要抱走，让我再喂她吃一口奶。你走了，我一夜没有睡觉，第二天一大早就趟着露水回娘家，东院的二奶奶一见我，眼泪就淌下来：你真狠心，平都七个月了，你也舍得？一句话说得我泪水在眼眶里打转，这个时候，老二从镇上买奶粉回来，看到我很是惊诧，咋了，姐，你是不是舍不得，舍不得就抱回去。我不敢看他，也不敢眨眼睛，怕眼泪出来让他瞧见。进屋看到你坐在席上，头发黑黑的，正在吃自己的手指。你也该是人家王家的人，你奶奶说你吃了炼乳，一觉睡到天亮，没有哭闹。

　　洛阳你养父母离了婚，三儿把你抱回了谷社寨，但在洛阳娇生惯养了两年，你完全不喜欢家里，黄昏，你要瞌睡，我把你抱在腿上，你突然像针扎了一样，放声大哭，硬撑着胳膊要滚下去。我一生气，把你顿在地上。你奶奶说，把平抱回槐树营吧，我没有孙子，让她陪我。这样你又一次回到外婆（后来就叫奶奶）身边。

　　说到最后，妈妈，你低着头，满心都是愧疚："给了槐树营，谁也没有想到他们会离婚，真是作孽呵，你前半生太可怜了。"我悄悄站起来，不愿意听到这样怜悯的话。

　　记得上高中时，写我的母亲，我说我最想喊一声妈妈，这个妈妈不是在书里，不是在梦里，不是在渴望里，而是在身边，是我可以摸得到的。我记得我的作文是这样写的：妈妈……我在心里叫了你一声，你是听不到的。这个声音从很小的时候都是从心里发出来的，我看到许多嘴唇在发出这个声音。饱满的丰润的嘴唇，在发出这个声音的时候像是花朵被风吹拂过了，薄薄的樱桃小口发出这个声音，像是三月柳眉儿落在湖水上。沁有奶香的婴儿的红嘴巴发出妈妈的叫声，像是神灵在给人间一个吻。妈妈——妈妈——我经常在无人的时候，闭上眼睛叫出声来，人间一片空茫，我不希望有人应答，我也不需要有人应答……

　　我的班主任老师看后把我叫到他办公室里，他手抚上我的头发"是个苦孩子，可是艰难困苦，玉汝于成，你会好好长大的"。他的手是那样轻柔，是那样温厚，我闭上眼睛想，妈妈的手如果放在我头发上，是不是这种感觉，这样一想，眼泪就不争气地出来了。

　　妈妈，青春期我是那样古怪与敏感，我把命运的错误一股脑地怪罪到你身上。我故意不给你电话，不给你写信，放暑假也不回谷社寨看你。我永远与你保持着距离，甚至你的亲近都让我反感。还记得有一次我们一起去景区，住在一个房间里，我等待你脱衣睡下，我才在黑暗里换上自己的睡衣，我不习惯在你面前裸露身体，好像你是一个不认识的人。露出自己的隐秘之处让我羞耻。你很快入睡了，但一晚上我都无法入睡，你的气息是那样陌生，这陌生刺激着我的鼻孔，我简直想蹲到走廊里。早晨起床，你说，昨夜醒了，不敢起夜，怕惊醒我，小肚子都涨疼了。此后，我一直避免与你同居一室，更没有与你睡在一个床上。我在兰州时，你去看我，其实，完全可以住在我家里，但我自作主张把你安排到宾馆，这样我可以与你保持着距离。我的办公室距离你的宾馆并不远，有时，我坐在办公室发呆，也不想去找你聊天。你后来看到我对你的冷淡，你一定心如刀扎。

你想办法来偿还对我的爱。我生完孩子，你主动提出要给我带孩子，这让我与你有了亲密的接触，这是我们母女从我七个月襁褓期分离后，第一次住在一个屋檐下，我抛弃偏见，发现你与我竟然有那么多相似，一样黑而浓密的头发，一样偏瘦的身材，一样敏感仁厚，一样热心善良。我好像在临水照花，照见了自己的影子。有一天，下班回来，听到你正在打电话：我这个闺女，从小过继给我弟弟，按咱老家的风俗，我是不该给女儿带孩子的，但我就是要给她带，欠她的，要还啊。

我听着，呆在了门外，第一次，我的心痛了一下，你欠我的？不，你并不欠我什么，你给了我生命，给了一个女性还算漂亮的外表，还有不用烫染天然卷曲黑得如黑夜的头发，还有豁达的心胸、生活的热情，我应该感谢你。此后，我们的关系有了变化。

我过继给舅舅家之后，随了舅舅的王姓，我的亲生姊妹都姓孙。我长到很大时，才恍然发现，我是随的母姓，其他弟兄姐妹是随的父姓。这就是说，我其实与你更近。近几年，我发现，我与你有了一个秘密通道，那就是你的娘家，我生活了十八年的槐树营，你的浪子弟弟三儿，还有三儿的儿子小权，他们的命运最牵动的是你与我。我回到老家，你总会把我拉在一角，说说三儿的病、小权的工作或者婚事，你这唯一的姑姑，对没有母亲的小权，格外怜爱。你知道，从小在槐树营长大的我，会全力帮助王家唯一的男孩。

那时三儿已经得了癌症，瘦弱地躺在大梨树下，你们王家的四姊妹，已经凋零，三儿如果一消逝，你就是了一个孤独的人。没有人再与你分享记忆，他们带走了你的一部分。你总是提醒我给三儿的账户里打钱，提醒我给王家宅院翻修盖房子，小权每一个女朋友失败后，你暗暗着急，让许多人给小权介绍对象。"咱俩都是王家的姑娘，不能看着王家绝了后。"你坚定地看着我，寻求同行者。一个七十多岁的女人，一个四十多岁的女人，因为对槐树营王家的爱，结成了别人无法进入的同盟。你把握方向，策划统筹，我出金钱与思路。我们一起把三儿送进大地深处，一起让小权结了婚，又一起迎接那个更小的王家的后代出生。那个小婴儿，其实与别的婴儿一样，额头上有着深深的皱纹与毛发，小手紧紧地抓成一团，粉色的舌头不停地伸出来舔着嘴唇。眼睛睁开的时候，可以看到黑亮而大，鼻子也是高挺的。我看了一眼就退在一边，妈妈，你特别兴奋，弯着腰看了许久，脸上都是幸福开心的光芒。

有一年，我咳嗽，黄昏时看到你在院子里忙碌，你在摘菊花。厨房里有菊花与鸡蛋的香味，一会儿，桌子上摆了一盘黄绿相间的小饼。"我摘了菊花与荆芥，摊了个小饼，吃了也许咳嗽就轻了。"你看了我一眼，又进厨房。过了一会儿，一碗枇杷红梨茶放在手边。你坐在沙发一角，看着我。我的眼睛有点湿，不敢眨眼睛。头埋进碗里，喝茶。

我这一生，一直走在与你唱反调的道路上。但面对花草时，我们都柔软了下来。我看花的眼神与你是一致的，专注、欣喜、安静、满足，世界骤然缩小，只剩下手中这朵花或者脚下这片草地。我与你，飘浮在尘世与命运中的两个女人，通过花朵与野菜握手言和，通过吃花吃草越来越亲近，这也是我没有想到的吃花的另一个功能。

　　妈妈，这是我第一次给你写信，也许你不喜欢这样的方式，但我俩之间，无法用语言表述，只有文字也许能解释我复杂与隐秘的爱。最后我想说，世事皆可原谅，我爱你，这三个字也许迟到了许多年，但在你八十岁生日这一天，我一定要让你听到。你听到了吗？

妈妈，姥姥替你陪着我呢

王馨漪

谷鸿云女士：

　　你好，是不是很久没有人这么称呼你了。在不到四十年的时间里，你以姥姥姥爷的女儿，青儿活着，你以小姨、舅舅踏实的大姐活着，你以银行里值得信赖的谷姐活着，以及你以永远不懂事的我的妈妈活着。辛苦了，虽然这句话很晚才和你说，但我真的很想和你说声辛苦了。

　　你在1969年出生，在1994年有了我，我们之间隔着二十五年的时光。然后我们因为上天给的缘分，在一起了十余年。这段时间里，我一直以女儿的身份去认识你。但是在你走后，我开始试想，如果脱离了我们之间的血缘联结，你又是个怎样的你。

所以，我才会想着叫你的名字，来重新认识你。你知道吗？放假在家的时候，姥姥看见我那个像狗窝一样的床的时候，她总是会怪我说："怎么连你妈妈的一丁点好，你都没有学会？"这个时候，我总会找理由，心想"学不好也好，谁又会再成为一个像你一样的标杆呢"。

冬天的时候，我的皮肤很爱干，虽然才二十几岁，但是脚后跟总是会出现像是橘络一样的纹路，姥姥总是一边给我找药膏，一边唠叨地说："好根不强，烂根洼。你妈妈的那点毛病，全到你身上了。"妈，你知道这个时候的我，听到姥姥这么说，竟然还有点开心。因为我觉得我们之间总算是又有点联结了，不管这个联结是好的还是坏的。

我有的时候，也会吃姥姥和小姨的醋。我和她们说，我都快把你和我在一起的经历都忘了，你能指望一个十岁的孩子记得多少事情呢。但是她们不一样，她们和你待的时间很久。姥姥会和我说，你妈当年考学很用功，但是就差了5分，那年她在家里哭得很难过。你妈来例假的时候，会疼得在床上打滚……小姨会和我说，她和姨夫刚成家的时候，又生了双胞胎的孩子，日子过得很难，她姐姐总会给她钱，帮衬着她。所以现在她和姨夫，会替她姐姐帮衬着我。

我们之间待了十余年，又空了十余年，我在和他们接触的过程中，逐渐完成着对你的印象。所以有时候，我会觉得你真的还在。你在前35年的时间里，完成着各种的角色扮演；在你空缺的年限里，他们帮助着你完成着对我母亲角色的扮演。因此，我很感激，老天能够选中我当你的女儿。

在你走后的十多年里，家里发生了很多的变化。村里进行了改造，除了家庙还保留外，剩下的都变成了楼房。姥姥姥爷终于可以不用再像从前一样，过着需要到屋子外面上厕所冬天还要烧煤取暖的日子。他们搬上了楼房，冬天的暖气很足，姥爷每天中午都能在假炕上打着呼噜，睡得呼呼的。姥姥会每天定时在炕上做按摩，照顾着姥爷的起居。只不过有一点，让姥姥感到不满意。她总是会想起之前家里那口用土做的大锅，每当过年做菜的时候，她总会说要是还在原本的家里，用着我那口锅，这些菜早就做出来了……

从去年年末到今年年初，村子里走了许多老人。姥姥姥爷总会在听到消息后，再在一起盘算着村子里的生死变化，这种感觉让我很不舒服，像是在做告别，像是在倒计时一样。

年初的时候，我把教师资格证考出来了，姥爷知道后感觉有点吃了定心丸的样子。他会和我说"我和你姥姥运气好点的话，应该就能看见你的婚礼了，我们现在就盼着你能找个好工作，早点成家，我们再坚持陪你几年"。妈，你知道吗？在此之前，我一直以为我放假回家是去陪他们，实际上是他们在替你陪着我。

今年是姥姥姥爷金婚五十周年，我们在二月二那天一起去照了全家福，唯独少了你的全家福。在此之前，姥爷把家里的相册全都换成新的了，那四个破旧的相册里，记载着姥姥姥爷的大半辈子、你的一辈子还有我的小辈子。在找拍照穿的衣服时候，姥姥翻出了你们之前买给她的首饰。她说，在她走后，要把你们给她的东西都还给你们，你给的，就顺带留给了我。

去拍照的时候，小姨怕我的身份尴尬，也懒得向照相的人解释种种，就把我算进了他们的一家四口里面。有时候，我会问她为什么对我这么好，她说要不然怎么说姨妈也算半个妈呢。

妈，一时之间，和你絮絮叨叨了这么多，你是不是发现我竟然有着话痨的潜质。其实，这些话，不能概括你走后十余年间发生的半点变化，但总是要找出一些，说与你听的。我知道，你也想听。

妈，我今年二十四岁了，模样比小时候长开了点，就是这身子肉总让我发愁。长得越大，拥有的身份就会越多，但是在这么些身份之中，我最想扮好的就是你的女儿的角色。像你一样，成为弟弟们值得信赖的大姐，成为姥姥姥爷为之骄傲的外孙女，成为说出去会让人觉得"有其母必有其女"的谷姐的女儿。

我一直在努力，虽然这一路走过来，很累，真的很累，但好在都慢慢地熬过来了。我们这边都不用你挂念，我会替你照顾好他们，只此一点，我希望你能保护姥姥姥爷平安健康，再多多地陪我几年。

最后还有一句，我很想你，妈。

女儿童童

亲爱的阿爸

王晓佳

亲爱的阿爸：

近来可安好？工作累不？手腕处还酸痛不？

初次给您写信，一时也不知从何说起。回首这二十几年的路，您的陪伴总是风雨无阻。许多的感恩情愫深深地藏于心底，却未曾向您说过只言片语。今父亲节将至，我提笔写信，以表寸草之心。

小时候，我总以为父亲这词就是代表着严厉苛刻。以前，我们五个小孩子总是以"老鼠畏猫"的心情面对您，因为您是一位标准的"严父"，容不得我们撒泼犯懒。为此，我们几个都没少挨过您的揍。那时会想自己究竟是不是您亲生的？不然您下手怎么会那么"毫不犹豫"呢？直到后来，当我们长大后被别人夸循规蹈矩有教养时，才明白您当时是在教育我们应该怎么做人。

小时候，我总以为"男儿有泪不轻弹"，更何况是我这"威武不可侵犯"的阿爸。直到后来，当我们得知家中小弟因先天性心脏病医治无效离世都放声大哭时，您看着我们，咬紧牙关，眼泪簌簌地往下掉，却默默地忙前忙后，照顾老泪纵横的阿嬷与几经昏厥的阿妈。我才知道，"男儿有泪不轻弹"后面还有一句"只因未到伤心处"。小弟小小的坟堆就在阿公坟墓的不远处。那之后每年上山扫墓，我们几个都会过去除除草，擦擦那个小匣子。而您总是在阿公那边埋头除草，仿佛从不知道在这边埋着您深爱的幼子似的。我知道，您怕再去触碰那些痛彻心扉，惹下那些男儿之泪。

小时候，我总以为您强壮如山，是永远不会生病的。因为从未见过您喊累，从未见过您有什么身体不适。直到后来，您在田间劳作时突然腹痛异常，却仍强忍剧痛独自开摩托车回家，几经周折后才被送到医院急救。做完手术后的您，瘦瘦的，皮肤皱皱的，比之前衰老了许多。因术后一周不可进食，仅靠打点滴，您虚弱得说不出话来，只能用波澜不惊的眼神安慰忐忑的我们。医生说您的病是长期劳累与营养不良所致，当时情况紧急，若是再晚半个钟，恐怕就坏事了。不幸中的万幸，您撑过来了！在医院帮您剪指甲时，我发现指甲中的已经干了的田地的泥土，我背过身去，眼泪夺眶而出。辛苦了，阿爸！

时间过得飞快，我都已经大四了，眼看着就要毕业了，终于快可以为家里分忧了。可每次回家，看着您越发增多的皱纹与白发，我心里的那份苦楚就会多一些。因为家里盖新房子，您总是满身灰尘的，那件"经典外套"，脏兮兮、破破烂烂，看了总是觉得心酸。可您脸上流露的表情，总是平平静静、不卑不亢，有时还有点自豪，让我觉得充满生活的希望与信心。阿爸，您永远是我们家每个人心里最坚强的后盾，有您在，我们就安心，就什么也不怕！

有一首关于父亲的小诗，对我的触动很大。

我站在父亲的肩上，去摘星星。星星没摘到，却压弯了父亲的脊梁。我想放弃，父亲却说："别往下看，你再试试。"

于是，每次遇到困难，每次感到沮丧，我都想起这首小诗，想起阿爸您这些年的言传身教，便觉得无论再苦再难，我也要坚强。因为在我的背后，有您深沉的爱，坚定的支持与期许的眼光！感谢阿爸，我这棵小草定会尽力报答您春天般的光辉。

愿一切安好！

王晓佳

2014年5月20日

两地书

鲁 迅

D.H[1]

此刻是二十九夜十二点，原以为可得你的来信的了，因为我料定你于廿一日的信以后，必已发了昨今可到的两三信，但今未得，这一定是被奉安列车耽搁了，听说星期一的通车，也还没有到。

今天上午来了一个客，下午到未名社去，晚上他们邀我去吃晚饭，在东安市场森隆饭店，七点钟到北大第二院演讲一小时，听者有千余人，大约北平寂寞已久，所以学

---

〔1〕 D.H：鲁迅对妻子许广平的爱称。此篇为1925年鲁迅到北平省亲期间给许广平的信件之一。

全家福，摄于1930年9月25日。

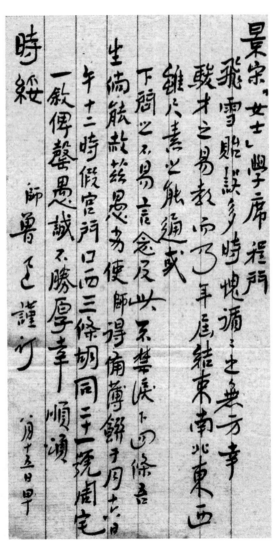

1926年，鲁迅致景宋（许广平）信札。

生们很以这类事为新鲜了。八时，尹默、风举等又为我饯行！仍在森隆，不得不赴，但吃得少些，十一点才回寓。现已吃了三粒消化丸，写了这一张信，即将睡觉了，因为明天早晨，须往西山看韦漱园[2]去。

今天虽因得不到来信，稍觉怅怅，但我知道迟延的原因，所以睡得着的，并祝你在上海也睡得安适。

L. 二十九夜

三十日午后二时，我从西山访韦漱园回来，果然得到你的廿三及廿五日两封信，彼此都为邮局寄递之忽迟忽早所捉弄，是令人生气。但我知道你已经收到我的信，略得安慰，也就借此稍稍自慰了。

今天我是早晨八点钟上山的，用的是摩托车，霁野等四人同去。漱园还不准起坐，因日光浴，晒得很黑，也很瘦，但精神却好，他很喜欢，谈了许多闲天。病室壁上挂着一幅陀斯妥夫斯基的画像，我有时瞥见这用笔墨使读者受精神上的苦刑的名人的苦脸，便仿佛记得有人说过，漱

---

〔2〕漱园：即韦素园（1902—1932），安徽六安人，未名社主要成员，翻译家。

园原有一个爱人，因为他没有痊愈的希望，已与别人结婚，接着又感到他将终于死去——这是中国的一个损失——便觉得心脏一缩，暂时说不出话，然而也只得立刻装出欢笑，除了这几刹那之外，我们这回的聚谈是很愉快的。

他也问些关于我们的事，我说了一个大略。他所听到的似乎还有许多谣言，但不愿谈，我也不加追问。因为我推想得到，这一定是几位教授所流布，实不过怕我去抢饭碗而已。然而我流宕三年了，并没有饿死，何至于忽而去抢饭碗呢，这些地方，我觉得他们实在比我小气。

今天得小峰信，云因战事，书店生意皆不佳，但由分店划给我二百元。不过此款现在还未交来。

你廿五的信今天到，则交通无阻可知，但四五日后就又难说，三日能走即走，否则当改海道，不过到沪当在十日前后了。总之，当选一最安全的走法，决不冒险，千万放心。

L. 五月卅日下午五时

许地山写给妻子周俟松的信

许地山

六妹子：

五月九日和十四日的信都接到了，我现在只等款，款一来，马上就走。这封是最后的飞机信，此后还是每星期一给你信，你可以不必回信。若我的船位定好了，你可由飞机递到各埠船公司转给我。

写信给老太爷，我自从到这里来，一步也没走开，没什么可报告的。许多地方应当去的都还没去。上星期赶着雨季之前到阿前多和伊罗去参拜佛教遗迹，用了一百元左右。在伊罗洞外约十里的丛林中遇见一只约一丈长（连尾巴）的大豹，险些性命丢给豹做大餐。那天（五月廿七）在道上遇见许多小野兽，因为洞离城市十七英里，我同一个学生坐马车去底，马车走三点钟才到。回来时，日已平西，过那丛林，已不见太阳，正是猛兽出来找吃的时候。车上三个人，一面走一面谈，忽然车夫嚷说："看！老虎在道上走！怎办？"那时已是黄昏后，幸亏是月明时候，车夫也有经验，他说："坐定了，提防着！"把马鞭了一下，走近那大豹约十码之地，车夫鞭车篷，发出大响声。那豹一双大眼睛看着我们，摇着尾巴，慢慢走到溪边去了。车夫看的是老虎，我看的是豹，可惜光不足，不然照一张相片回家，多么有意思！当时并不觉危险，事后越想越玄，几乎晚上都睡不着，回家躺了好几天。那同走的学生太不关心，在走以前，我买了一本指导书（本地文）教他先看，看明白了再走，他没看。到那晚上，回家，他才翻起来看，说："指导书里也说在太阳未落山以前就得离开洞口，道上时常有野兽来往。"我听了，真是有气。印度人的不负责任，从这一点就可以看出来。还有一种爱占便宜的习惯，更令人看不惯。这宿舍，因为暑假，只住着四个人（连我算），那三个人，短什么东西，都到我屋里来借、来取，像我是他们的管家。胰子、牙膏、洋蜡、墨水、邮票、信封、信纸等等，凡是用所需，应备的都不自己去买，等我买回来，他们要现成。有时自己有，留着，先用别人的。有一天，出门，用旱伞，那个女学生的哥哥来说："请把旱伞借我使使。"我说："我的旱伞有一点破，不好使，你还是使你自己的罢。"因为我知道他有。他说："我的也有点破，反正你是要修理的，多裂一点，并不多花钱。"从我手里硬夺过去。你说世上真有这样人！出门去玩，吃东西，坐车，若是用他们的钱，回家一个子也算得清清楚楚，若是用我的，就当我请了客！在这里住的，个个家里都是十几廿万家事的子弟，还是这样酸，其他可想。所以这几个月，住在此地，天天都有气，我又面软，不便说什么，又不愿意得罪他们，这使他们想着我比他们更有钱。

燕京的房子，是不是"四美轩"或"三松堂"后面的那座？没自来水，所以把现在的抽水机移出去，钱要燕京花，把那水机送燕京都可以，但要高水池和水管。海甸地低，用不着打多深，所以水柜可以放在房顶上。

《藏经》消息又沉了，我想还是找李镜池，分期交款办法本可以办，你主张（一次交款）不成，也许他们不要了，你可写信到上海。叫有骞先把书寄去，我到广州再同镜池交涉，或是你写信给镜池，应许他分期交款，看他怎回答。那书不卖，恐怕以后越难出去。日本金水跌得低，他们也许可以直接去订。

我定十五六离开此地，到孟买去定船。看这光景，是不能游历了。到现在钱还没来，教我真没办法。这次买船

许地山像

票先到香港，广州再住几天，转回漳州，把几盆兰花带回来。我还要到南京去，找几个朋友。所以顶快也得七月中才能到家。

我身边只剩下三百卢比，若买三等票，也可以到香港。这两天就得定船位，下星期若钱还不来，真得定三等。日本船便宜，可不敢坐。欧洲船三等，不晓得怎样，还得打听。如有美国总统船，三等也可以。大概我会搭三等回家，我想我没来由借钱坐二等。

再谈吧。

地山
六月九日

我从没有这样地爱过人

郁达夫

映霞：

这一封信，希望你保存着，可以作我们两人这次交往的纪念。

两个月以来，我把什么都忘掉。为了你，我情愿把家庭、名誉、地位，甚至生命都丢弃。我几次对你说，我从没有这样地爱过人，我的爱是无条件的，是可以牺牲一切的，是如猛火电光，非烧尽己身不可的。因此我几次地要求你不要疑我的卑污，不要远避开我，不要于见我的时候要拉一个第三者在内。

好不容易你答应了我一次，总算和你谈了半天。那一夜回家，仍旧是没有睡着，早晨起来，就接到了你一封信。

郁达夫与王映霞

你的信里依旧是说，我们两人在这期间内，还是少见面的
好。你的苦衷，我未尝不晓得。因为你还是一个无瑕的闺
女，和男子来往交游，于名誉上有绝大的损失，并且我是
一个已婚之人，尤其容易使人误会。你年纪还轻，将来总
是要结婚的，所以你希望我赶快把我的身子弄得清清爽爽，
可以正式地和你举行婚礼。

　　由这两层原因看来，你最重视的是名誉，其次是结婚，
最后才是两人之间的爱情。由我讲来，现在我最重视的是
热烈的爱，是盲目的爱，是可以牺牲一切，朝不能待夕的

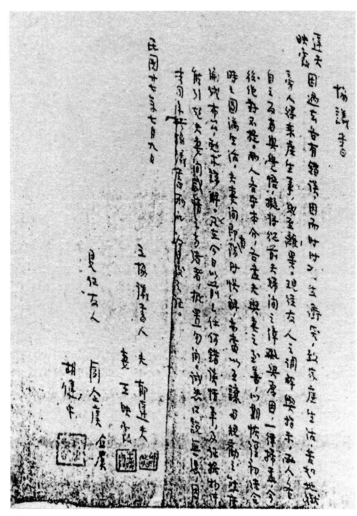

郁达夫与王映霞《和好协议书》

爱。此外的一切，在爱的面前，都只有和尘沙一样的价值。

真正的爱，是不容利害打算的念头存在于其间的。这一种爱情的保持，需要日日见面，日日谈心，才可以使它长成，使它净化，使它长存于天地之间。如果两个人已经感到了爱情，却还可以长久不见面，那么结婚和同居的那些事情，简直可以不要。

我和我女人的订婚，完全是由父母做主在我三岁的时候定下的。后来我长大了，有了知识，觉得两人中间终不能发生出情爱来。我的对抗方法，就是长年避居在日本。所以结婚之后，到如今将满六载，而我和她同住的时候，加起来也不到半年。

因为我对我的女人没有爱情，所以长年漂流在外，很久不见面，我也觉得没什么。从我自己的这个经验推想起来，我今天才得到了一个确实的结论，就是现在的你，对我所感到的情爱，等于我对于我自己的女人所感到的情爱一样。在你看来，和我长年不见，也是没有什么的。

既然是如此，那么映霞，我真是对不起你了。爱情本来要两人同等的感到，同样的表示，才能圆满成立，才能好好结果，才能使两方感到一样的愉快。像现在我们这样的爱情，只是我一面的庸人自扰，并不是真正合乎爱情的原则的。我若是有良心的人，我若不是一个利己者，那么我现在第一就要先解除你的痛苦。

因为你，我这次体会到了情爱的本质，才晓得热烈地想念爱人的时候，心境是如何地紧张的。你爱我，并不是真正地由你本心而发，不过是我的热情的反响而已。我这里燃烧得越烈，你那里也痛苦得越深。我觉得这样下去，我的苦楚倒还有限，你的苦楚，未免太大了。

今天想了一个下午，晚上又想了半夜，我才有了这个结论。我丝毫没有怨你的心思，现在我也还在爱你。正因为爱你的原因，所以我想解除你现在的苦痛。此后，我想遵守你的话，永远将你留置在我的心灵上膜拜。

映霞，我还希望你不要因此而断绝了我们的友谊。把我之致累于你的事情，想得轻一点，想得开一点吧！这完全是我一个人自不量力瞎闯的结果，你不过是一个受难者，一个被疯狗咬了的人，你对我本来没有什么好恶之感，没有什么男女的私情。万一你要证明你的清白，证明你的高尚，有将这一封信发表的必要时，我也没有什么反对意见。不过，如若没有这一种必要，我还是希望你保存到我死后再发表。

最后我还要重说一句，你所希望我的，规劝我的话，我以后一定牢牢地记着。假使我将来若有一点成就，那么我的这一点荣耀，全部归赠给你。

　　映霞，映霞，我写完了这一封信，眼泪就忍不住地往下掉了。

　　我……我……

达夫上

1927年3月4日

我的肝肠寸寸地断了

徐志摩

小曼：

　　我的肝肠寸寸地断了。今晚再不好好地给你写一封信，再不把我的心给你看，我就不配爱你，就不配受你的爱。你方才心头一阵阵的绞痛，我在旁边只是咬紧牙关，闭着眼替你熬着。小曼呀，让你血液里的讨命鬼来找着我吧，叫我眼看着你这样生生地受罪，我什么意念都变成了灰了。

　　离别，当然是你今晚纵酒的原因。但假如今晚你不喝酒，我却要硬着头皮对你说再会，你会比醉酒的苦好受吗？咳，你自己说得对，顶好是醉死了完事。要醉就同醉，要死也死在一起，醉也是一体，死也是一体，要哭让眼泪合成一起，要心跳让你我的胸膛贴紧在一起，只要我们灵魂

《翡冷翠的一夜》是徐志摩对陆小曼的爱情宣言。图为序文手迹。

合成了一体，这不就是在极苦里实现了我们向往的极乐，从醉的大门走进了大解脱的境界吗？

我的小曼，现在你睡熟了没有？你知不知道，你的爱正在含着两眼热泪，在这深夜里和你说话，想你，疼你，安慰你，爱你？我好恨呀，这一层层的隔膜，真的全是隔膜。仿佛是你淹在水里挣扎着要活命，他们却掷下瓦片石块来，算是救渡你！

我好恨呀。方才只能在旁边站着看。我稍微一帮助，就要受人干涉，那意思是说："不劳费心，这不关你的事。请你早点去休息吧，她不用你管。"

哼，你不用我管？我这难受，你大约也有些知觉吧。刚才你接连叫着："我不是醉，我只是难受，只是心里苦。"你的话一声声像是钢铁锥子刺着我的心，各种情绪就像潮水似的涌上了胸头。那时我就觉得什么都不怕，勇气像天一般的高，只要你一句话出口，什么事我都干！为你我抛弃了一切，还顾得什么性命与名誉？

你多美呀，我酒醉后的小曼，你那惨白的颜色与静定的眉目，使我想象起你最后解脱时的形容，使我觉着有一种逼迫赞美崇拜的激震，使我觉着有一种美满的和谐。小曼，我的至爱，将来你永诀尘俗的瞬间，不能没有我在你的身边，你最后的呼吸，一定要明白地报告给这世间，你的心是谁的，你的爱是谁的，你的灵魂是谁的。小曼呀，你应当知道我是怎样地爱你。你占有了我的爱，我的灵，我的肉，我的整个儿永远在我爱的身旁放置着，永久地缠绕着。

真的，小曼，你已经激动了我的痴情。我说出来你不要怕，我有时真想拉你一同死去，去到绝对的死的寂灭里，去实现完全的爱，去到黑暗里寻求唯一的光明。咳，今晚要是你有一杯毒药在近旁，此时你我也许早已在极乐世界了。我真的不留恋这形式的生命，我只求一个同伴，有了同伴我就情愿欣慰地瞑目。小曼，你不是已经答应了我，做我永久的同伴了吗？我再不能放松你，我的心肝，你是我的，你是我这一辈子唯一的成就，你是我的生命，我的诗。你完全是我的，一个个细胞都是我的，你要说半个不字，叫天雷打死我完事。

我再有十几个钟头就要走了，丢开你走了。我人虽然走了，我的心不离开你。我相信你的勇气。你已经有了努力的方向，我预知你一定成功。上前去吧，彼此不要再辜负了。再会！

志摩

1925年3月10日早三时

我要往前走

陆小曼

志摩：

昨天给你写完信后，他，来了。谈了半天。他倒是个很好的朋友。他说他那天在车站看见我的脸，吓一跳，苍白得好像死去一般。他知道我那时的心一定是难过到极点了。他还说，外边的谣言极多。有人说我要离婚了。又有人说志摩一定是不真爱我，若是真爱，是决不肯丢下我远去的。真可笑，外头人不知道为什么都跟我有缘似的，无论男女，都爱将我当一个谈话的好材料，没什么可说的也要想法儿造点出来说，真是奇了怪了。

志摩，为了你，我还是拼命干一下的好。我要往前走，不管前面有几多的荆棘，我一定直着脖子走，非到筋疲力

年轻时的陆小曼

尽，我是决不回头的。因为你是真正认识了我的人。你不但认识我的表面，你还认清了我的内心。我本来老是自恨，为什么没有人认识我，为什么人家全拿我当一个只会玩、只会穿的女子。可是我虽然恨，却并不怪人家。本来人们只看外表，谁又能真生出一双妙眼来，看透人的内心呢？

在这个黑暗的世界，又有几个人是肯让真实的性灵透露出来的？像我自己，还不是一样成天埋没了本性，以假对人的吗？只有你，志摩，你是第一个能从一切的假言假笑中，看透了我的真心，认识了我的苦痛，叫我怎能不从此收起以往的假而给你一片真呢？我自从认识了你，我就有改变生活的决心。为你，我一定认真地做人了。

昨晚想你，想你现在一定已经看得见西伯利亚的白雪了。不过，你眼前虽有不易看到的美景，可你身旁没有了陪伴你的我，你一定也同我现在一样地感觉着寂寞，一样是心里叫着痛苦的吧！我从前常听人说，生离死别是人生最难忍受的事情，我老是笑着说人痴情，今天才身受着这种说不出叫不明的痛苦，生离已经够受了，死别的滋味，想必更不堪设想吧。

回家陪娘去看病，在车中我探了探她的口气。我说照这样的日子再往下过，我怕我的身体上要担受不起了。她倒反说我自寻烦恼，自找痛苦，好好的日子不过，一天到晚只是去模仿外国小说上的行为，讲爱情，说什么精神上痛苦不痛苦，那些无味的话有什么道理。

在她们看来，夫荣子贵是女人莫大的幸福，个人的喜怒哀乐就不是个问题。所以也难怪她不能明了我的苦楚。从前多少女子，为了怕人骂，怕人背后批评，甘愿牺牲自己的快乐与身体，怨死闺中。她们可怜，至死还不明白是什么害了她们。志摩，我今天很运气能够遇着你，在我不认识你以前，我的思想，我的观念，也同她们一样，我也是一样的没有勇气，一样的预备就这样糊里糊涂地一天天过下去。自从见着你，我才像乌云里见了青天，我才知道自埋自身是不应该的，做人为什么不轰轰烈烈地做一番呢？我愿意从此跟你往高处飞，往明处走，永远不再自暴自弃了。

小曼

〔1925年〕3月22日

蒋光慈写给恋人宋若瑜的信

蒋光慈

亲爱的瑜妹：

五月二十九日的信收到了。

你千万不要生气！你的学生之所以这般的设法挽留你，亦不过是过于爱你，不愿与你离别，并没有什么恶意。我并不因为她们写信怨我生气，我很原谅她们，我请你也原谅她们罢。你不必认真与她们计较，伤了感情倒是很不好的事情。

你决定下学期不在二女师教书了，我极赞成。你还是在求学时代，现在应有求学的机会，无论进学校或是自修，但还是要求学。

你决定暑假来北京看看我，安慰安慰我们六年来的相思，这是我唯一希望的事情！我的瑜妹！我相信你，但是我们都是人，都具有通常人的习惯——早些见面总比迟些见面好些，会聚总比不会聚快乐些，握着手儿谈话总比拿起笔写信要舒畅些。我的瑜妹！你以为？

你因为了解我，相信我，才能这般诚恳地、热烈地爱我——我的瑜妹！这是实在的，我相信你，我相信你。"侠僧究竟能否永远地爱你？"这也是很自然的疑问。凡是一个人过于恋爱某一个人的时候，常常要起许多疑问，发生过多猜度。不过，我的亲爱的，你可不必这样的疑问；你倘若相信自己能永远地爱侠僧，那同时也就可以相信侠僧能永远地爱你了。我的瑜妹，请你放十二分的宽心罢！

读了你这一封信，我更觉着有无限的愉快！我并不以为你是一个生怕死的贵族式的女子；不过我有时却想到，通常因为物质生活的关系，或因思想的不同易发生爱情的阻碍。这个我当然不能以为你将来不能同甘共苦，不过我也同你一样，常常起一些疑问罢了。读了你这封信，我觉得我这种疑问是不必的，此后我在你身上将不发生任何疑问。凡是你所说的，我都完全领受，我都完全相信。我的瑜妹，你是我司文艺的女神，你是我的灵魂，我怎能在你身上发生疑问呢？

海可枯，石可烂，我俩的爱情不可灭！

我的瑜妹！

祝你珍重！

你爱的侠哥

〔一九二五年〕六月三日

小船上的信

（一九三四年一月十三日第一信）

沈从文

　　船在慢慢地上滩，我背船坐在被盖里，用自来水笔来给你写封长信。这样坐下写信并不吃力，你放心。这时已经三点钟，还可以走两个钟头。应停泊在什么地方，照俗谚说，"行船莫算，打架莫看"，我不过问。大约可再走廿里，应歇下时，船就泊到小村边去，可保平安无事。船泊定后我必可上岸去画张画。你不知见到了我常德长堤那张画不？那张窄的长的。这里小河两岸全是如此美丽动人，我画得出它的轮廓，但声音、颜色、光，可永远无本领画出了。你实在应来这小河里看看，你看过一次，所得的也许比我还多，就因为你梦里也不会想到的光景，一到这船上，便无不朗然入目了。这种时节两边岸上还是绿树青山，水则透明如无物，小船用两个人拉着，便在这种清水里向上滑行，水底全是各色各样的石子。舵手抿起个嘴唇微笑，我问他："姓什么？""姓刘。""在这条河里划了几年船？""我今年五十三，十六岁就划船。"来，三三[1]，请你为我算算这个数目。这人厉害得很，四百里的河道，涨水干涸河道的变迁，他无不明明白白。他知道这河里有多少滩、多少潭。看那样子，若许我来形容形容，他还可以说知道这河中有多少石头！是的，凡是较大的，知名的石头，他无一不知！水手一共是三个，除了舵手在后面管舵管篷管纤索的伸缩，前面舱板有两个人。其中一个是小孩子，一个是大人。两个人的职务是船在滩上时，就撑急水篙，左边右边下篙，把钢钻打得水中石头作出好听的声音。到长潭时则荡桨，躬起个腰推技长桨，把水弄得哗哗的，声音也很幽静温柔。到急水滩时，则两人背了纤索，把船拉去，水急了些，吃力时就伏在石滩上，手足并用地爬行上去。船是只新船，油得黄黄的，干净得可以作为教堂的神龛。我卧的地方较低一些，可听得出水在船底流过的细碎声音。前舱用板隔断，故我可以不被风吹。我坐的是后面，凡为船后的天、地、水，我全可以看到。我就这样一面看水一面想你。我快乐，

---

〔1〕 三三：沈从文对妻子张兆和的称呼。

192

年轻时的沈从文与张兆和

就想应当同你快乐，我闷，就想要你在我必可以不闷。我同船老板吃饭，我盼望你也在一角吃饭。我至少还得在船上过七个日子，还不把下行的计算在内。你说，这七个日子我怎么办？天气又不得好，并无太阳，天是灰灰的，一切较远的边岸小山同树木，皆裹在一层轻雾里，我又不能照相，也不宜画画。看看船走动时的情形，我还可以在上面写文章，感谢天，我的文章既然提到的是水上的事，在船上实在太方便了。倘若写文章得选择一个地方，我如今所在的地方是太好了一点的。不过我离得你那么远，文章如何写得下去。"我不能写文章，就写信。"我这么打算，我一定做到。我每天可以写四张，若写完四张事情还不说完，我再写。这只手既然离开了你，也只有那么来折磨它了。

我来再说点船上事情吧。船现在正在上滩，有白浪在船旁奔驰，我不怕，船上除了寂寞，别的是无可怕的。我只怕寂寞。但这也正可训练一下我自己。我知道对我这人不宜太好，到你身边，我有时真会使你皱眉。我疏忽了你，使我疏忽的原因便只是你待我太好，纵容了我。但你一生气，我即刻就不同了。现在则用一件人事把两人分开，用别离来训练我，我明白你如何在支配我管领我！为了只想同你说话，我便钻进被盖中去，闭着眼睛。你瞧，这小船多好！你听，水声多幽雅！你听，船那么轧轧响着，它在

20世纪30年代，张兆和、沈从文、张宗和、张充和（从左至右依次为）在北平溜冰场。

说话！它说："两个人尽管说笑，不必担心那掌舵人。他的职务在看水，他忙着。"船真轧轧的响着。可是我如今同谁去说？我不高兴！

梦里来赶我吧，我的船是黄的，船主名字叫作"童松柏"，桃源县人。尽管从梦里赶来，沿了我所画的小堤一直向西走，沿河的船虽万万千千，我的船你自然会认识的。这里地方狗并不咬人，不必在梦里为狗吓醒！

你们为我预备的铺盖，下面太薄了点，上面太硬了点，故我很不暖和，在旅馆已嫌不够，到了船上可更糟了。盖的那床被大而不暖，不知为什么独选着它陪我旅行。我在常德买了一斤腊肝、半斤腊肉，在船上吃饭很合适……莫说吃的吧，因为摇船歌又在我耳边响着了，多美丽的声音！

我们的船在煮饭了，烟味儿不讨人嫌。我们吃的饭是粗米饭，很香很好吃。可惜我们忘了带点豆腐乳，忘了带点北京酱菜。想不到的是路上那么方便，早知道那么方便，我们还可带许多北京宝贝来上面，当"真宝贝"去送人！

你这时节应当在桌边做事的。

山水美得很，我想你一同来坐在舱里，从窗口望那点紫色的小山。我想让一个木筏使你惊讶，因为那木筏上面还种菜！我想要你来使我的手暖和一些……

十三日下午五时

不只是喜欢而已

朱生豪

宋:

才板着脸孔带着冲动写给你一封信，读了轻松的来书，又使我的心驰放了下来。叫他们拿给你看的那信已经看到？有些可笑吧，还是生气？实在是，迈来心里很受些气闷，比如说人以为我不应该爱你之类；而两个多月来离群索居的生活，使我脱离了一向沉迷着的感伤的情绪的氛围，有着静味一切的机会，也确使我渐对过去的梦发生厌弃，而有努力做人的意思。

我真希望你是个男孩子，就这一年匆匆的相聚，彼此也真太拘束得苦。其实别说你是那么干净那么真纯，就是一些人的冷眼，也会把我更有力地拉近了你的。我没有和平常人那样只闹一回恋情的把戏，过后便撒手了的意思，我只希望把你当作自己弟弟一样亲爱。论年岁我不比你大什么，忧患比你经过多，人生的经验则不见比你丰富什么，但就自己所有的学问，几年来冷静的观察与思索，以及早入世诸点上，也许确能做一个对你有一点益处的朋友，不只是一个温柔的好男子而已。

对于你，我希望你能锻炼自己，成为一个坚强的人，不要甘心做一个女人（你不会甘心于平凡，这是我相信的），总得从重重的桎梏里把自己的心灵解放出来，时时有毁灭破旧的一切的勇气（如其有一天你觉得我对于你已太无用处，尽可以一脚踢开我，我不会怨你半分），耐得了苦，受得住人家的讥笑与轻蔑，不要有什么小姐式的感伤，只时时向未来睁开你的慧眼，也不用担心什么恐惧什么，只努力使自己身体感情各方面都坚强起来，我将永远是你的可以信托的好朋友，信得过我吗？

也许真会有那么海阔天空的一天，我们大家都梦想着的一天！我们不都是自由的渴慕者吗？

现在的你，确实是太使我欢喜的，你是我心里顶溺爱的人。但如其有那么一天我看见你，脸孔那么黑黑的，头发那么短短的，臂膀不像现在那么瘦小得不盈一握，而是坚实而有力的，走起路来，胸膛挺挺的，眼睛明明的发光，说话也沉着了，一个纯粹自由国土里的国民（你相信我不会爱一个"古典美人"，虽然从前我曾把林黛玉作为我的理想过），那时我真要抱着你快活得流泪了。也许那时我到底是一个弱者，那时我一定不敢见你，但我会躲在路旁看着你，而心里想，从前我曾爱过这个人……这安慰也尽可以带着我到坟墓里去而安心了。这样的梦想，也许是太美丽了，但你能接受我的意思吗？

为了你，我也有走向光明的热望，世界不会于我太寂寞。

来信与诗，都使我快活。每回你信来，往往怀着感激的心情，不只是欢喜而已。诗以较高的标准批评起来，当然不算顶好，以你的旧诗的学力而言，是很可以满意的了。第一首嫣嫣二字改为空扑吧。三四句平顺无疵。总观四句，略欠呼应，天上人间句略嫩，听之。此诗改为：

> 霞落遥山黯淡烟，残香空扑采莲船。
> 晚凉新月人归去，天上人间未许圆。

（两"人"字重复，因此读上去觉不顺口，倘把"人归去"的"人"改为"郎"字，却是一首轻倩的民歌。也许你会嫌太佻，但末句本不庄，故前面的"人"字不能改为"君"字。）新月映带未许圆，使"天上"二字不落空。

第二首全体妥。"糜"用得新，也许你用时是无意的？

第三首第二句微波漪涟重复，"漪"字平仄不对；第四句万般往事俗，改为年年心事即佳。全首改为：

> 无端明月又重圆，波面流晶漾细涟；
> 如此溪山浑若梦，年年心事逐轻烟。

三首情调轻灵得很，虽然还少新意，不愧是我的高足，我该自傲不是？

前次绝句二十首之后，又做了十一首，没有给你看。前面几首较好：

> 春水桥头细柳魂，绿芜园内鹧鸪痕，
> 蜀葵花落黄蜂静，燕子楼深白日昏。

> 倚剑朗吟凭字栏，晚禽红树女萝残，
> 何当跃马横戈去，易水萧萧芦荻寒。

> 半臂晕红侧笑嫣，绿漪时掀采莲船，
> 莲魂侬魂花侬色，蛙唱满湖莲叶圆。

迟雪冲寒鹤羽毨，偶尔解渴落茅庵，

红梅白梅相对冷，小尼洗砚蹲寒潭。

略有宋诗调子，第三、四两首，都故作拗句。又第九首：

秋花销瘦春花肥，一样风烟雨露霏，

萧郎吟断数根须，懊恼花前白袷衣。

第十一首：

燕子轻狂蝴蝶憨，满园花舞一天蓝。

仙人年幼翅如玉，笑澈银铃酡脸酣。

则是我诗里特有的童话似的情调。

天凉气静，愿安心读书，好好保重。

朱朱　廿三夜

秋兴杂诗七首，本没有给你看的意思，但张荃既有信给我，也不妨抄下来并给伊　读，我没有另外给伊写信的心向。

美国家书（1987年）

汪曾祺

松卿：

我下月旅游行程已定。10月31日离开爱荷华，在纽约住6天，然后乘火车至费城。在费城住5天。11月11日从费城到波士顿，14日离波士顿经芝加哥回到爱荷华。

我在纽约住王浩家。费城住李又安家。波士顿哈佛大学会安排。一路都会有人接送，不致丢失，请放心。我在费城的宾州大学和哈佛都将做非正式的演讲，讲题一样：传统文化对中国当代文学创作的影响。

今天是中秋节，聂华苓邀我及其他客人家宴，菜甚可口，且有蒋勋母亲寄来的月饼。有极好的威士忌，我怕酒后失态，未能过瘾。美国人不过中秋，安格尔不解何为中秋，我不得不跟他解释，从嫦娥奔月，中国的三大节，中秋实是丰收节，直至八月十五杀鞑子……他还是不甚了了。月亮甚好，但大家都未开门一看。

按聂的建议，我和古华明晚将邀七八个作家到宿舍一聚，我正在煮茶叶蛋。（中秋节夜1时）我们已经请了几个作家。茶叶蛋、拌扁豆、豆腐干、土豆片、花生米。他们很高兴，把我带来的一瓶泸州大曲、一瓶Vodka全部喝光，谈到12点。聂建议我们还要请一次，名单由她拟定。到Program来，其实主要是交际交际，增加一点了解，真要深入地探讨什么问题，是不可能的。

昨天去听了一次新英格兰乐队的轻音乐，水平很低。聂、安、古、蒋勋休息时即退场。聂问我如何，我说像上海大减价的音乐，她大笑，说："你真是煞风景。"又说："很对，很对，很像！"

昨晚芬兰的Risto回请我和古华，说是Dinner，实际只有咖啡、芬兰饼（大概是荞麦做的），一瓶芬兰Vodka。主要的菜倒是他请我做的茶叶蛋。闹半天，他是对我们做一次采访。他对中国很感兴趣，也颇了解，问了很多问题，文学、政治、哲学、心理学、书法……他的夫人是诗人，又是《芬兰晨报》的记者。我问今天的谈话，他们是否要整理发表。他们说：要。我想我们的谈话都没有问题，要发表就发表吧。

今天是安格尔的生日（79岁），晚上请大家去喝酒，谢绝礼物，但希望大家念念诗、唱歌、表演舞蹈。我给他写了一首诗："安寓堪安寓（他家的门上钉了一块铜牌，刻字两行，上面一行是 Engle，下面是中文的"安寓"），秋来万树红。此间何人生？天地一诗翁。此翁真健者，鹤发面如童。才思犹俊逸，步态不龙钟。心闲如静水，无事亦匆匆。弯腰拾山果，投食食浣熊。大笑时拍案，小饮自从容。何物同君寿？南山顶上松。"安的女儿蓝蓝昨天到这里看了，说把她爸爸的神态都写出来了。

我带来的画少了，不够分配，宣纸也不够用。

我决定把《聊斋新义》先在《华侨日报》发表一下。台湾来的黄凡希望我给台湾的《联合文学》，说是稿费很高，每一个字一角五分美金。但如在台湾发表，国内就不好再发表。在美国发表，国内发，无此问题。《华侨日报》是左派报纸，也应该支持他们一下。人不能净为钱着想。15日《华侨日报》的王渝和刘心武均到 Iowa，我想当面和他们谈一谈。先跟心武说说。

古华想在 Iowa 待到 12 月 15 日，再到旧金山一带去。这样就得申请延长护照。我现在想从波士顿回到 Iowa 后，哪里也不去了。大峡谷，黄石公园，也就是那么回事。11 月

14 日回到 Iowa 至 12 月 15 日，还有一个月，我可以写一点东西。继续改写《聊斋》。我带来的《聊斋》是选本，可改的没有了。聂那里估计有全本，我想能再有几篇可改的。另外也可以写写美国杂记。

10 日到密苏里州汉尼城堡看了看马克·吐温的故乡。看了《汤姆·索亚历险记》的背景 Camero Cave。这个 Cave 和中国的山洞不一样，不是钟乳石的，是黄色的石头的，里面是一些曲曲折折的大裂缝。石头上有很多人刻的名字，美国人也有"到此一游"之风。到处看看而已，没有多深的印象。密西西比河有一段很美。马克·吐温纪念馆没有中国译本（有一本台湾的），我要建议作协给纪念馆寄几本来。

曾祺〔1987年9月〕12日

胡孟晋写给妻子张惠的信

胡孟晋

最亲爱的惠呵：

我们又要离别了！当你听了离别的声音，或者不高
兴吧！

亲爱的，谁不愿骨肉的团聚，谁不留恋家庭的甜蜜。
要知道国家民族重要，比个人前途重要，因此又要别离亲
人，而远征他乡了。

为了你的寂寞，为了你的思念，千里外的我，暂时停
了救国的工作，越津浦跨淮南，到达别离一载的故乡来。
二月来的团聚欢谈，畅言国事，解释问题，你的政治水准
提高了，民族意识加强了，革命的阵营中，增加一位健
将了。

畸形发展的中国，教育不普及，人民的知识简单，而妇女尤甚，只要家而不顾国。大难当头，应踊跃赴前线杀敌，而妇女们阻碍其夫或其子之伟志。希望你将无知识的妇女组织起来，宣传和教育她们，使伊等知道"皮之不存，毛将附焉？""国之不存家何在？"使她们不致含泪终日，倚门遥望前线上的夫、子早日归来呢！（望胜利归来）

惠，最亲爱的人，你是妇女中的先进者，对于我这次的外出，请不要依恋，要知道你爱人的走，不是故意地抛弃你，而是为着革命，为看独立自由幸福的新中国而努力奋斗的啊！

家庭经济之困难，生活之痛苦，我是深知的。要革命成功，须经过困难艰苦的阶段，当此环境中是要立定脚跟，具坚强之意志，任何之外诱，不可动摇的，"国危见忠臣"，在困难中锻炼成真正的革命者啊！

富贵反多忧，钱是要人用，不要给钱用了人，在此抗战时，多少富翁成寒士，由此看来，金钱不足恃也。对于穷人要客气，要同情他；对富人也要与对普通人一样；对于守财奴，少与之来往，因为他只认钱，不认人，这些人不要看起他，但与之面子往来而已。

惠呵，我们要认清时代，当此革命时期，家庭衣食可维持就够了不要有其他念头，要知道整千整万的难民，千百万的劳苦大众，生活是多么的痛苦呵！人生是要作伟大事业，而不是做了金钱的奴隶呵！太看重金钱的人是最污脏的，不要与之往来。

爱人呵，你在无事的时候，多多阅读书报，可使你知识进步，多多想工作的方法，切不要空想，也不要太挂念在外的我，劳神伤身，于事无益。好好教养二个小孩，切忌打骂。处家事，对外人，言语态度等事，可参考我的日记和通信，要切实地做，不然我的心思枉费了。请你真正地做吧，否则，太对不起在外的人呢！

最亲爱的人，你不要太念我，你的厚情我是知道的，我不是个薄情的人，请你放心，决不辜负你的热情呵！

在外的我，身体自知珍重，一切当知留心，请你安心在乡努力妇女解放的事业，成为女英雄，我在外对革命之伟业亦更加努力呵！别了！

别了！

此致敬礼

〔民国〕廿八年十一月廿八日

群　于舒百[1]

〔1〕　舒百：指安徽舒城百神庙。

家书二封

徐　前

一

采畴君：附在我姊夫函中之件悉。

　　你是我姊夫的好朋友，也就是我姊姊的好朋友，间接的（地）也就是我的朋友。你愿我是你纯挚的友朋，当然我也希望你是我纯挚的朋友。

　　据姊夫来函云，贵校功课很忙，希望你能在忙中抽闲，多多的（地）给我指教。

　　再谈。祝

　　安好。

淑娟手泐
三，廿九

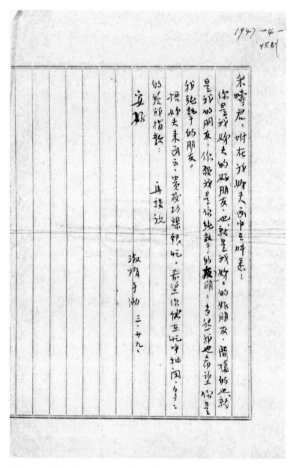

1947年，21岁的母亲写给父亲的第一封信。母亲未嫁时受旧戏文影响，一心想找个穷书生，勤奋聪明，不依靠家里。故镇上有钱人家来说媒时她都不愿意。父亲恰好是这样的书生，家里破败极了，靠自己拿奖学金上大学。所以当二姨夫将父亲介绍给她时，她回了这封信，婉转而又落落大方地表达了愿意交往的意思。这封信将父亲彻底征服。——裘山山

二

继续讲螃蟹的故事给你听。

第二天一早，我发现那只小杯子横倒了。心里一愁：逃了吗？真是逃了。我诚惶诚恐地把这消息告诉两位小姐。大的把眼睛富有表情地一翻一白，摊开两只手，"啊呀！"一声表示很惋惜。实际上不很在乎。可是老小却把手放在背后大兴问罪之师：妈妈，你为什么不看牢？妈妈睡觉了，怎么看得住呢？那你为什么不先看牢再睡觉呢？你要不要睡？你要睡，妈妈也要睡呀！格末，你是大人呀，大人要先做事再睡觉！好厉害，迫得我无话可答。

昨天我休息，幼儿园不放假，我进城处理一些事务，傍晚请她们回家玩儿。小白桦来和我谈时事。"妈妈，丁阿姨讲，坏蛋过几天要打到我们这里来了。""你怕吗？""不怕。我叫爸爸去打坏蛋，爸爸是解放军。还叫范家大哥哥也去打。范家大哥哥去年参军了，穿着一件新衣服，范家妈妈陪他去的。"这小家伙真有两下。范家的大孩子是去年参军的，记得吗？那时你也在杭州。这事我从未和孩子谈过，可是她却看在眼里，记在肚里了。……范家小儿子问她报了名没有？"怎么可以不报名呢？下半年没得书读。我们都先报名的。"一回家就找那些小哥哥谈论念书的事了。

〔1962年〕7月2日

大约是1962年，母亲写给父亲的信。1961年母亲结束了三年的"劳动改造"，作为"摘帽右派"回到报社，也将我从乡下接回到身边。父亲那时远在福建修铁路，母亲一边工作，一边独自抚养我和姐姐，还时常写信给父亲讲两个孩子的情况。这封信和另一封，都写得生动有趣，父亲费尽心思保留了下来。我上大学时他寄给了我。——裘山山

烧掉的情书，今天补给你好吗？

张庆和

总是想着念着出门就惦着的我的老婆刘伟阁下：

我从部队转业到地方工作，结束了我们三年"写恋爱"和九年的牛郎织女生活以后，一晃三十多年没给你写过信了。

还记得吗，那时候我在荒无人烟的青海高原守卫核基地，你在北京大都市盼星星盼月亮般盼着有一天我会童话般突然出现在你面前……由于工作需要，我从第一次见到你的那次探亲，到第二次探亲再见到你，中间整整隔了两年半时间！两年半，对于两个处于热恋中的年轻人来说可不是个小日子呀！那日子里有思有盼，有莫名其妙生成的一种心绪经常来骚扰我们。

那时候，交通很不方便，从北京到青海高原一封信至

张庆和刚刚入伍时

少要一周。于是，我们便不约而同地设定：每周都要给对方写一封信。写信、读信、盼信，几乎就成了我们恋爱过程的全部。

有一次，因为一位淘气的战友藏起了你的来信，我没按时读到，心里那个惶惶呀！因为此前我俩毕竟只有十几分钟的见面时间，况且，那只是"无意识""无目的"的匆匆一瞥，甚至连彼此的模样肤色都没能仔细瞅瞅。（还记得后来我曾对你说过的话吗，当时要是知道我们能恋爱能结婚，那初次相见的十几分钟无论如何都不会把它浪费掉的。）我的许多战友都说我们的恋爱太没基础，不可能成功；你的同事也说北京有那么多男青年不找，为什么非要去找个几千里外的军人？很多人都不理解。还记得我寄给你三张纸上的那三个大问号吗，那问号就是在那种疑虑和质疑中写下的。好在半月后那战友把信还给了我，我很为自己的莽撞悔恨，立即给你写信道歉。随后我的领导张天郁主任也替我解释，给你写了信。

感谢你原谅了我，不然今天我就没有资格给你写这封信了。当说起这段经历时，女儿曾不解地问：为什么不打个电话亲自解释一下呢？她们这一代哪里知道，那时候的电话可是个稀有物件呢，况且，军队的电话是不允许与地方连线的。

想想真可惜，我们不约而同精心保存了那么多年的厚厚两大摞信，为什么团聚之后就销毁了呢？那个年代谈恋爱有点害羞，记得我休假期间，我俩一起去公园去逛街，临出院门口时都不敢一起走，生怕熟人碰见，要一前一后出门，大老远了才肯挨得近些。

或许是我们单纯的"信恋"和分离的生活使然吧，后来我由写信而爱上了诗歌，而且写了不少爱情诗，很多诗都是缘你而生。诗很幼稚，但几乎每一首都先寄给你看。《我身旁流着一条小溪》《锁链》《就因为有那样一种心情》《月路》《守望》《灯》《你来了》《我的妻子》等等，都是在你的激励下出笼的。

每当静心回想，都深深地感到你对我、对我们这个家的付出太大、太多了，很是感激你，有些事也真是很对不起你。

你第一次去部队探亲，怀孕了。当时我们部队已调防到辽宁。我是一个粗线条、不太懂生活的人，看你吃不下饭，呕吐，以为是吃不惯那里的高粱米，还笑你不能过艰苦生活，竟然不知道你是怀孕的反应，对你没给一点特殊关照。女儿一岁多时，你带她去部队看我。孩子太小，无法与战士吃一样的饭。你就用一个很小的酒精烧瓶天天给女儿做粥。一次，酒精竟喷出烧伤了你的左手，满手都是血泡，整整一个多月才好。

1983年初冬时节，我回北京探亲，当你听说我从来都没给自己过生日后，你非要为我张罗过生日。那一天，你从早晨一上班就念叨为我过生日的事：下班路上要买熟食买菜，还想买瓶啤酒。也真是不巧，你本来是车间的统计员，因为活儿多，车间主任硬要你也上机器钉纸箱。你技术生疏，再加上心里有事，不小心被钉箱机砸断了右手食指。那天，我和妈妈、刚上小学的女儿一直等着你回家给我过生日。左等右等，一直到晚上7点半你才回来。同进家门的，还有护送你的两位同事。看到你的伤情，妈妈心疼得流泪了，女儿也哭了，我心里更甭提有多难受。

那时候，我在部队过集体生活，什么都不用操心。可你在家就不同了，上有老下有小，一个人操心持家，什么都得想到做到，真是不容易呀。那时候家里做饭用的是液化气罐，每次换气都是件很愁人的事。别人家可随时更换，可我们家就不同了，要尽量节省着用，有时一罐气要用小两个月，不是怕浪费，而是发愁扛着气罐上楼下楼，再走上大老远的路，换一次气太困难。

　　想说的还有很多很多，比如有时候我还莫名其妙地发点小脾气，干家务活有点粗糙，常常摔坏碗碟、弄坏点什么东西。当再遇到这种情况时，您老人家要多多包涵，可不要真生气呦。旧的不去，新的不来，摔坏了咱们再买一个，这样还促进消费，为GDP还做了贡献呢。您说是吗？

　　今天是元宵节了，窗外难得的月明如镜。借着情人节的到来，咱们也追追时髦，给我亲爱的老婆大人写一封信，以寻找当年我们"写恋爱"的那种美好感觉。

　　最后，请允许我向常年忙碌着辛苦着劳累着为看护我们可爱的外孙"团团"又做出杰出贡献的您——鞠躬致敬！

你的老老公：庆和

2017年2月11日

那样的沟通我们都有过

华　静

给亲爱的你：

下雪了。是今年冬天京城的第一场雪。只是，你和孩子不在我的身边。这雪不凉，且有温情的味道。

我徜徉在雪地里，那被第一场冬雪覆盖的一树红梅深情地拽住了我的目光。想当初的一天，我们在家乡的公园里曾和雪中红梅合过影。在这繁华的都市里，我想把这些灵动的生命以及她们的神韵寄给你。

因为，我记得你的视线，曾经久久凝视于红梅的主题。

你说你喜欢红梅那种清纯娴静的美，喜欢她质朴得了无痕迹的清雅香味。你还把我比喻成梅，喜欢等候我写的信，你说你喜欢听我默默述说一种心思。

雪飘着。寒风里，我和你的等待并不是遥遥无期，我们会用相互思念缩短地域的距离。还有一年，我们将会在同一个城市工作、生活，我们彼此的心思都写在了日记里。总设想团聚的那一天，我该穿什么样的衣服，该带什么样的围巾，该给你准备什么样的饭菜，我如何做才能烘托出一幅和谐温暖的画面？这是我的心愿。

我写信的此刻，你在做什么？山东也下雪了吗？

我这里工作节奏很快，也很忙。创刊期间的所有细节都不能忽略。你知道吗？赶稿子的时候，不会想你想家想孩子。只有忙完了版面上的所有工作，同事们都回家之后，我才会在集体宿舍里给家里人写信。当然，我也利用这个时间看书，以前没有时间看的书我现在都看过了。上周末，我去团结湖书店又买回几本书。是穿着你给我买的那双橙色长靴去的，那是我上次回山东老家时你特意买的。因为我当时穿了一件湖蓝色的长呢子大衣，脚上穿的却是一双黑色皮鞋。你说搭配得不好看，你还说可能我的脚有问题，无论多好的鞋穿在我的脚上，就好似都会在一周之内崴掉鞋跟。所以，你说必须买一双质量特别好、款式特别好的鞋给我。我今天穿的就是那双鞋。你听了，开心吧？我依然感觉很温暖。一双鞋，其实代表了你就在我的身边，让我更向往来自家的关怀。

谢谢你，亲爱的。我不在家的日子，你要照顾老人和孩子，辛苦了。但是，你也应该感到温暖，因为你经常有我文字的问候，有我爱心的注目。

我知道你没有时间经常写信给我，你也不善于表达。但我有你不定时的电话问候，有你偶尔只言片语的信笺就很知足了。我知道你和孩子会期待我的来信，所以我坚持写信。你数数，这是第几封信了？

昨天我去采访，回来的路上看到许多人都在买大白菜。我当时就想，如果你在，我们也排在那些人的身后，然后回家包白菜馅的饺子吃多好。我现在吃食堂，没有机会做饭，也就没有机会展示自己的厨艺，想念做饭的快乐。一年后，我们一家人团聚后，我要买最漂亮的餐具，做一大桌子美食，期待着那一天的到来。

我不在家，你说你的厨艺大长。上次回家时我们忙着走亲访友，吃早饭时，印象最深的是你炒的鸡蛋最好吃。说归说，我知道，我不在家，你又带孩子又照顾老人，能够按时吃饭就很不容易了。

就在这个雪天，我开始想你，想孩子，恨不得飞一般地回到家里。

在雪花飘舞的氛围里，天空与你我之间凝成了一个寓言。寻找那寓言中的情节和画面，偶尔就想到了我们更多的家人和说不完的话题。嘴里说着，脸上笑着，眼睛望着，心里想着，含蓄的清新，总是让人顾盼流连。

凝望着雪花，我们看到了彼此的心愿。思和念，只在纸上和笔间复活。纯纯的感觉，有着更多的文字情深。无法与你每天共处，却拥抱着你的叮嘱缠绵不已。我喜欢被你呵护的每一段记忆。

即便，在人声鼎沸、车流不断的路途上，想起你，我都会笑在心里。所以，我喜欢在这小雪的季节里，把情感砸在纸面上邮给你。

你知道吗，雪天在我眼里，为什么有一片最真挚最朴素最温情的天地，那是因为我想到了你，想到是在写一封给你的信。

两月前我寄给你的那一张卡片，是我精心选择的色彩。是蓝色的，像海，能把所有的挂牵吞噬。在这整个下午，你和卡片上的画面在一起。我们，住在彼此心里是最温暖的地方。

窗外的雪花还在飘，我用最温柔的情怀迎接着她。心，也好像轻轻地飘浮起来了。隔着窗户的那层玻璃，让我们相互守望。

我愿意就这样缓缓地和你在信纸上聊天，遥遥相望时，心心相印。

我们摆脱不了生活中柴米油盐的困扰和人际关系相互倾轧的烦恼，但是，我们因为彼此相爱而有了力量。此刻，我紧抱着抱不住的雪花，想你。

你看到雪地绽放的梅花了吗？那是我的笑容。

没有秘密，我们的故事写在心里和脸上，那种甜蜜的清爽挟带着一种芬芳，在灰蒙蒙的凡尘里，洋溢着温馨的一种向心力。

一念温情，一纸心思，柔软了平凡的生活。

知道吗，想到团聚，我竟会在漫天雪花中看到属于我们的碧海蓝天。

为爱书写，看见爱。你还记得外婆说的那句话吗："天寒到了极点，就立春了。"

忙到什么都不想，其实更想。期待着，一年后，我们的团聚。

1995年11月雪日于京城

近在咫尺不能相见的爱情

曾　剑

小华：

你好！今天是腊月二十九，又是情人节，老天善解人意，飘起雪花，丰盈又浪漫。

我准备进城，城里有你，有我的家。可是，就在我收拾行装的时候，通信员把节日战备值班表递到我眼前，我值班三天，时间从今天至大年初二。

我呆立宿舍，遥望窗外。小华，看来我要对你说声对不起了，尽管这样的话，我不止一次对你说。但我想，你是理解的。"你不扛枪我不扛枪，谁来保卫祖国谁来保卫家"，这样的军歌我们听过；"一人辛苦万人甜，一家不圆万家圆"，这样的句子我们读过。可我想说的不是这些大道理，我只想告诉你，我是一个军人，服从是我的天职，我别无选择。

小华，我愧疚。结婚一年多，虽然同在一个地区，我们野战部队管得严，基层已婚军官，隔一周休一个周末，也就是说，我半个月才回一次家。遇到战备，或特殊任务，就只能等到下半个月，这是常态。作为军人，我习惯了，可是，作为军人妻子，你显然不习惯，只是你不说，你在独自承受，你在努力地让自己去习惯。

小华，等我吧，等战备值班结束，我再回家。当然，我没忘记鲜花的事。那天，你对我说，没收到过鲜花的女人，不是真正的女人。我不知道这是哪位名人的名言，还是你内心所想。既然你说了，我就送你鲜花吧。我当即就要去买，可你说，要一个特别的日子，比如情人节，你说那样更浪漫。你说，我们军人太死板。

其实，我们军人也懂浪漫，只是常常身不由己。这不，情人节来了，新年的钟声又快敲响，雪在飘，在这样的时日，这样的天地，给你送上一束红玫瑰，何等浪漫，可谁知，轮到我值班。我想过找人替，或与人换班，可谁不想回家同老人孩子热乎乎地过年？谁不想与亲人相会，尤其是年轻的未婚军官，能否在这一天去城里，给热恋中的未婚妻送一束鲜花，或许是决定这段姻缘的成败。

我独自坐在窗前，守着值班电话。窗外的世界真美，雪下白了大地，还在纷纷扬扬地下着。我思绪翻飞，如同窗外的雪花。自古鲜花配美女。小华，在别人的眼中，你也许算不上美女，但在我心中，你就是一朵艳丽的玫瑰。等我吧，等到战备值班结束，我一定手捧最新鲜的带着露珠的玫瑰，亲自送到你手中。不，这还不够，我要在雪地里，给你朗诵爱尔兰诗人叶芝的诗：《当你老了》。我要对你说：现在，我爱你青春欢畅的时辰；将来，我爱你衰老了的脸上痛苦的皱纹……

　　此致
军礼！

你的剑

1999年2月14日

出版说明

　　本系列图书编选过程中，得到了许多师友的帮助与支持，在此一并致谢！虽经多方努力，仍有部分版权所有人未能于出版前取得联络，我们将委托中国版权保护中心代存、代转稿酬和样书；也恳请相关版权所有人知悉后与我们联络，及时奉上稿酬和样书为盼。

山东画报出版社《老照片》编辑部

2018年5月